내가 이토록
평범하게
살 줄이야

내가 이토록
평범하게
살 줄이야

서지은 에세이

혜화동

차
례

위로를 돌리며
살아야 해서

문득, 처음으로 페이스북 계정을 연 날이 떠오릅니다. 좀 더 정확하게 말하자면 만들어 두고 1년이 넘도록 방치해 두다 별거와 이혼으로 힘겨웠던 순간들의 비명을 지를 곳이 없어 자고 있던 계정을 흔들어 깨운 것이죠. 삶이라는 길 위에 가장 요철이 많았던 2015년 당시 마음이 아우성을 치느라 활자 중독이라 해도 과장이 아닐 정도로 읽기를 좋아하던 나는 글을 읽지 못하는 병증에 시달리고 있었습니다.

아파서 비명을 지르려 뛰어든 SNS라는 공간에서, 이곳도 사람이 모여드는 곳인지라 시쳇말로 산전, 수전, 공중전, 심지어 우주전까지 치르며 지금까지 살아남았습니다. 왜 '살아남았다'라는 거창한 표현을 쓰냐 하면은, 이 공간 덕분에 진짜로 내가 살아남았기 때문입니다. 무엇보다 글을 읽지 못하는 병증을 고칠 수 있었습니다.

살고 싶어 쓰기 시작한 비명 같은 글에 일면식도 없는 분들이 찾아와 좋다고, 위로가 되었다고, 말을 걸어올 때마다 잊고 있던 어린 시절의 장래 희망이 떠올랐습니다. 어릴 적 꿈은 글 쓰는 일을 업으로 하는 작가가 되는 것이었습니다. 잊고 있던 장래 희망이 떠오르자 마음이 애드벌룬처럼 부풀어 갔지만 '아무도 아니고 아무것도 아닌' 나 따위가 무슨… 이라며 스스로 그 풍선 표면에 상처를 그어 푸슈슈 공기가 빠져나가는 걸 아득히 바라만 보고 있었습니다.

마흔다섯 살, 순수를 미덕으로 삼기에는 적잖이 속물인 나이입니다. 최초의 의도와 무관하게 SNS를 통해 맺어진 관계 속에 내 본업을 녹이기도, 엮기도 했습니다. 그럼에도 무엇이 그토록 나로 하여금 끝없이 활자를 쓰게 하고, 내 이름이 인쇄된 책이라는 물성이 있는 존재를 갈망하게 하냐고 묻는다면 작가라는 타이틀이 너무 갖고 싶어서가 아닌(솔직히 7% 정도는 이 마음도 있음을 고백합니다만) 우리는 결국 위로를 돌리며 살아야 해서라고 답하고 싶습니다. 이를테면 위로의 수건 돌리기, 라고 할까요. 빙 둘러앉은 사람들 뒤로 청결한 수건을 돌립니다. 그저 한 장의 수건일 뿐인데 누군가의 뒤에 그 수건이 놓일 때 꼭 알맞은 한 장일지 모릅니다. 어쩌면 땀을 흘리고 있었다거나 울고 있었을지도요. 그에겐 뒤에 놓인 그 수건이 얼마나 반가울까요. 그런 한 장의 수건 같은 글이고 싶다 말하면 거창… 합니까?

평범한 삶이 꿈이었던 사람은 없을 거예요. '내가 가장 잘하는 것이 무엇인가?'와는 별개로 누구나 내 삶이 언젠가는 반짝반짝 빛나기를 바라며 살아갑니다. 그 바람을 잊고 살아가던 어느 날 뒤를 돌아보니 어쩜 이토록 별것 아닌 삶이 있을까 싶어 눈자위가 뜨거워집니다. 세상에 나이는 또 어디로 그렇게 먹어 버렸을까요. 그 무엇에도, 그 누구에게도, 뜨겁게 반짝였던 순간을 찾을 수 없는 내 인생은 한때나마 뜨거웠던 연탄만큼도 못한가 싶어 해무로 가득한 바닷가에 서 있는 듯 눈앞이 흐려집니다.

일테면 작은 눈부심, 그럼에도 확실한 감촉, 그런 걸 뒤적뒤적 찾아내고 싶었습니다. 비록 지금은 내 이름 앞에 중년, 싱글 워킹맘, 보험 설계사 이런 명칭들이 먼저 달려 있다지만 이만큼 오는 데까지 아무 사건도 없이, 아무것도 바라보지 않고 왔을 리는 없어서요. 기억 속에 묻혀 있던 꿈을 일으켜 대들보처럼 붙들고 있습니다. 내 팔 둘레에 비해 대들보가 너무 두껍고 무거워 그만 놓아 버릴까 팔에 힘을 빼려 할 때마다 기적처럼 한 장의 수건이 필요한 사람이 보였습니다. 언젠가의 나처럼 말이지요. 아픔 흡수력 좋고 도톰하며 부드러운 한 장의 수건을 당신 뒤에 놓고 싶습니다.

01

장래 희망은 작가입니다

　부산에서 태어나 일곱 살 정도까지 살았다. 그때 우리 집은 영주동의 일본식으로 지어진 2층짜리 빨간 벽돌집으로, 내 아빠는 조그마한 사업체를 운영하고 있어서인지 귀가가 거의 매일 늦었다. 그 시절 내 기억 속 엄마는 아빠를 기다리는 동안 자주 책을 펼쳤고, 그러다 종종 책을 소파에 엎어 둔 채 나와 남동생의 손을 하나씩 잡고 밤의 부산역까지 산책을 갔다. 부산역 광장에는 분수대가 있어 물 속에서 쏘아 올리는 색색의 조명 덕분에 물빛을 분홍이나 하늘색으로 물들였고, 그 분수의 모습이 황홀해 아빠가 늦게 들어오시는 날엔 엄마가 책을 내려놓고 '부산역에 갈까?' 하고 말해 주길 내심 기다렸다.

엄마가 우리 남매의 손을 잡고 부산역까지 가고 싶어 했던 이유를 어렴풋이나마 알게 된 건 아주 훗날의 일이다. 당시 엄마는 고작 스물여덟 정도였고 아빠는 이미 마흔을 넘긴 나이였으니 사업을 핑계로 자주 술자리가 있어 밤이 깊어서야 귀가하는 남편을 기다리는 일에, 너무 어린 나이에 두 아이의 엄마가 되어 혼자 양육해야 하는 현실에 그녀는 지쳐 갔으리라. 엄마는 부산역에서 실은 훌쩍 기차를 타고 떠나고 싶었던 건 아니었을까. 엄마 손을 붙들고 있는 남매의 손을 놓고 싶었던 적이 단 한 번도 없었을까. 그러나 엄마는 우리의 손을 놓지 않았다. 대신 집으로 돌아와 그 손으로 다시 책을 펼쳤다.

고독과 피로와 우울이 마블링 된 일상 속에서 엄마는 불면에 시달렸고 긴긴 밤을 보내려 독서를 하신 듯하다. 나중에 아빠 사업이 망해 전라도의 작은 소도시로 도망치듯 이사한 후 두 분이 어쩌어찌 24시간 영업을 하는 해장국집을 차렸을 때에도 엄마는 틈이 날 때마다 책을 읽었던 것으로 기억한다. 내 독서의 역사는 어쩌면 엄마로부터 물려받은 유전자에서 시작되었을지도. 엄마는 자기만큼 책 읽기에 소질이 있는 딸을 기특하게 여겼다. 책 읽는 내 머리를 쓰다듬으며 웃는 엄마의 모습이 좋아서, 내가 더 열심으로 독서를 했음을 그녀는 알까? 딸 가진 엄마가 흔히 그러하듯 엄마는 나를 통해 이루지 못한 꿈을 이루고 싶어 했고, 나는 엄마의 칭찬이 달콤해 진심으로 엄마의 꿈을 이루어 주고 싶었다.

백일장 대회에 나가기만 하면 무조건 상장을 받아 왔다. 한 번은 대필 의혹까지 받았다. 초등학교 4학년짜리가 쓸 만한 어휘 수준이 아니라는 것이 이유였다. 개학을 하면 매번 방학 동안 독후감을 가장 잘 쓴 학생이나 책을 가장 많이 읽은 학생으로 뽑혀 복도에 내 이름이 걸렸으니 그때만 해도 내게 '타고난' 재능이 있다고 진심으로 믿었다. 주위에서도 입을 모아 말했다. 지은이는 글을 참 잘 써. 그러나 그런 내 믿음은 사춘기의 도래와 함께 무너지고 말았다. 내게 '작가적 재능'이 희박하다는 걸 깨닫게 되면서 더 이상 글이 쓰이지 않았다.

세월이 흘러 그럭저럭 대학생이 되었고, 졸업 후 운이 좋아 일본에서 5년여를 보내다 한국으로 돌아와 취업과 결혼을 하며 딸아이의 엄마가 되었다. 보편적인 삶이 어떤 건지는 잘 모르겠지만 대체적으로 평범하게 살았다, 내가 2016년 이혼을 하기 전까지는. 이혼은 특별한(?) 사람들이나 하는, 영화나 드라마에만 나오는 소재인 줄 알았는데 정신을 차려 보니 내가 그렇게 되어 있었다. 이혼 과정은 잔잔한 호수에 크고 작은 돌멩이를 연속해서 던지는 일이었고 호수에는 끊임없이 파문이 일었다. 마침내 그 모든 일이 종료되어 물결의 일렁임도 가라앉자 이번에는 앞으로 무엇을 어떻게 해야 할지 도무지 갈피를 잡을 수가 없었다. 알갱이가 다 녹아 버린 빈 소금 주머니처럼 허성허성해져 사고가 정지되었다. 나를 내가 견디지 못해 스스로를 헤치고 싶고 찌르고 싶어져서, 그 모진 감각이 무서워 마침내 다시 글을 쓰기 시작했다. 제대로 살아 있고 싶었다. 삶을 'PAUSE' 상태로 언제까지 둘 수만은 없었다. 어떻게 해서든 조금씩이라도 앞으로 나아가고 싶었다.

글에는 신기하게도 힘이 있어 글이란 잎맥처럼 뻗어 가는 것임을, 글을 써 내려가는 동안 알게 되었다. 꽁꽁 깊숙이 묻어 두었던 꿈, 욕망, 이런 것들을 꺼내 먼지를 후, 불어 손끝으로 살살 문지르며 서지은은 글을 잘 쓰는 사람이기 이전에 이토록 글이 쓰고픈 사람이었구나, 글은 길이자 삶임을 다시금 깨달은 마흔다섯, 내 장래 희망은 그렇게 작가가 되었다.

02

그해 봄은 재채기

그해 봄, 서울행 고속버스에 올랐다. 스크래치가 비처럼 그어진 낡은 버스의 차창 밖으로 민들레 홀씨만 천연덕스레 짙푸른 하늘 가득히 너울대고 있었다. 엣치, 재채기가 났다. 아니, 실은 눈물이 났던가, 그토록 떠나고 싶던 그 도시를 다시는 오지 못할 것 같은 예감에. 그리고 실제로도 열여섯 살에 떠나온 그 도시를 다시 가 볼 기회가 내게는 없었다. 일부러 가지 않으려 했던 건 아니었는데도.

자그마한, 도시라 하기도 시골이라 하기도 뭣한 그 고장에서 보낸 유년의 기억은 대문 하나에 여러 집이 사는 골목 안 공용 주택에서 시작된다. 마당에는 손잡이를 위아래로 움직여야 물이 나오는 펌프식 우물과 재래식 화장실이 있었다.

겨울이면 우물도 화장실도 꽁꽁 얼어 버려 거주민들은 한 번씩 화장실에서 미끄러지는 봉변을 당하기도 했다. 어쩌다 숨어들어 온 주인 없는 고양이를 같은 대문을 쓰는 집 아이들과 보살피다 영문도 모른 채 갑작스레 죽어 버린 날, 죽음은 슬픔보단 공포 쪽에 가까운 감각임을 학습했던 곳. 24시간 영업을 하는 해장국집을 하는 부모님은 안집(식당과 구별해 안집이라 불렀다)에서는 대부분 부재의 존재였고, 숱한 밤을 두 살 어린 동생과 나 둘이서만 보냈다. 그 집에서 소풍날 입으려고 손 빨래를 해 마당 빨랫줄에 널어 둔 하얀 블라우스와 엄마가 큰 맘 먹고 사 주신 나이키 운동화를 도둑 맞기도 했다. 그 시절 지방의 소도시엔 그런 좀도둑이 흔했다.

초경을 맞은 것도 그곳이었는데, 그날 불현듯 휘몰아친 불안과 병중에 가까운 감각을 견디기 힘들어 유일한 백화점인 대성 쇼핑 센터 1층 점포에 주렁주렁 진열되어 있던 금 도금 목걸이 하나를 몰래 신주머니에 숨겨 나와 수성못을 향해 던졌다. 오후의 햇빛을 받은 목걸이는 반짝반짝 유선을 그리며 물 속으로 떨어졌다. 이 길 끝이나 저 길 끝까지 숨이 멎도록 달려도 똑같이 색채감이라고는 없는 지루한 모습뿐인 그곳에서 훔친 목걸이가 물 아래로 낙하는 것만이 유일하게 아름다운 풍경 같아서 슬펐다.

다니던 초등학교와 안집 사이에는 제법 큰 서점이 하나 있었는데 그곳은 내 소중한 안식처였다. 몇 시간씩 책장 앞에 서서 〈제인 에어〉 같은 책을 꺼내어 읽다가 밖으로 나오면 하늘에 노을이 왈칵 어클어져 어찌나 어마어마하게 붉던지 털썩 땅바닥에 주저앉아 무릎에 얼굴을 묻고 오래 울었다. 갑자기 비라도 쏟아지면 반가웠다. 부러 우산도 쓰지 않고 비를 몽땅 맞아 가며 집으로 돌아와 좁다란 툇마루에 몸을 가로로 누이고서 마당의 짙은 장미 나무를 바라보다 장미 가시를 맨손으로 움켜쥐고 싶은 기괴한 욕구를 애써 억누른 날도 있었다.

나라는 인간에게 문제가 있었던 걸까. 글쎄, 무엇이 문제인지 마흔이 지나고 쉰 살까지 반 정도밖에 남지 않은 지금도 여전히 모르겠다. 내게는 사는 문제가 어쩐지 풀리지 않는 수수께끼 같아 삶의 어떤 고비마다 자격이 필요한 순간에는 서둘러 실격 판정을 내렸다. 그 편이 살아가는 데 편리했다. 그러나 실격자라는 낙인을 스스로 찍으면서도 한편 '제대로' 살고 싶었는가 보다. 왜곡된 뫼비우스의 띠 위를 끝도 없이 맴도는 것 같은, 가도 가도 낯설기만 한 세월의 길목에서 수많은 사람을 만났고 또 몇몇은 내게 다정히 악수를 권했다. 그들이 나를 살게, 웃게, 울게 하며 내 삶의 자격이 되어 준 과분한 존재들임을 안다. 내 삶의 기한을 하루 또 하루 갱신하게 한 그대라는 이름의 자격들을, 간혹 잊을지라도 절대로 잃어버리지는 않기 위해 곱게 모서리를 맞춰 접어 마음 서랍에 차곡차곡 포개며 감사의 인사를 남긴다.

03

그리울 권리

대학수학능력평가 1세대인 94학번으로 대학에 입학했다. 교육부는 수능 첫해에 수험생에게 무려 시험을 두 번이나 치르게 했다. 두 시험 중 나은 성적으로 대입 원서를 접수하라는 일종의 배려(?)가 담긴 정책이었다(맙소사!). 사지선다도 어려운데 갑작스레 오지선다의 시험을 한 해에 두 번씩이나 치른 94학번들은 그래서인지는 몰라도 인생의 고비마다 선택지가 많아 고민을 해야 하는 숙명을 껴안고 사는 것 같다. 선택지가 많다는 건 얼핏 기회의 다채로움으로 비춰질지 모르지만 그리 간단한 문제는 아니다. 골라야 할 항목이 늘어나면 답을 내야 하는 사람의 고민의 강도나 시간도 그만큼 늘어난다. 답이 명징한 문제야 오지선다 아니라 십지선다라

한들 무엇이 문제일까. 그러나 대부분의 질문은 난이도가 높을수록 당황하게 되기 마련이라 25%의 가능성과 20%의 확률을 단순히 5% 차이일 뿐이라 단정짓기 힘들다. 게다가 '최초'라는 무게는 언제나 무거울 수밖에 없으니까.

그럼에도 나의 대학 시절은 뭐랄까 아직 낭만의 여지가 남아 있었다. IMF가 대한민국을 세차게 뒤흔들기 전까지만 해도 '대학생'이란 이름에 깃든 상콤달콤한 특권 같은 것을 축복처럼 누렸다. 이제 막 디지털 문화가 꽃을 피우려는 참이었고, 방학 동안에는 유럽으로 배낭여행 가는 것이 대학생들 사이에선 일종의 트렌드였다. 소통의 주된 경로는 PC 통신이었는데 당시 '나우누리'라는 포털 회사에서는 대학생들에게만 무료로 ID를 배포했다. 물론 2020년인 지금이야 누구나 포털 ID를 무료로 만들 수 있고 Wi-Fi와 5G를 통한 끊김 없는 통신 환경이 구축되어 마음껏 누리는 시대가 되었지만 그땐 그렇지 않아서 통신은 모뎀이란 것을 통해야 했고, PC 통신을 하고 있는 동안에는 전화기가 '통화 중' 상태가 되기 때문에 까딱 잘못했다간 요금 폭탄을 맞아 엄마의 등짝 스매싱도 함께 맞는 사태가 발생했다. 말하자면, 그 시절의 대학생은 아날로그에서 디지털로 넘어가는 과정을 생생하게 목격한 브릿지(bridge) 세대라 할 수 있다.

'라떼는 말이야' 같은 신조어가 등장한 것도 어쩌면 그런 시절을 지나왔기 때문일지 모른다. 흔히 향수(nostalgia)라고 일컫는 아련한 감각은 선물과 같아서 '아름다운 시절'의 '아름다운'은 이미 지나가 버렸기 때문에 붙일 수 있는 수식어이며 '되돌릴 수 없음'은 추억의 미덕이 되어 그 기억을 연료 삼아 현재의 삶을 구동시키고는 한다. 그러므로 모든 지난 날은 아름다운 시절일 수밖에 없다. 그리울 권리가 있는 과거가 있음은 고마운 일이다. 지금 이 순간 최선을 다한다는 말은 미래의 언젠가를 태우기 위한 월동 준비라는 의미가 될 테니.

04

'조금 충분한'과
'다소 부족한'의 그 어디쯤

　가을이 5부 능선을 통과할 무렵, 갑작스레 처리해야 할 업무가 있어 어느 목요일 오후 대구에 내려가게 되었다. 사실 운전을 상당히 좋아하는 사람이라 어지간한 거리는 대부분 차량을 직접 운전해 이동하는데, 그날은 어쩐지 기차를 타고 싶은 기분이었다. 요즘은 대구까지 SRT나 KTX로 금세 도착할 수 있어 시간을 절약하게는 되었지만 대신 열차 대기 중 플랫폼의 간이 매점으로 달려가 후다닥 각기 우동(예전에는 우동을 이렇게 불렀다)을 받아 들고 자리로 돌아와 기차 출발 전 휴, 안도의 숨을 내쉬며 우동을 후르륵거리는 소소한 즐거움은 더 이상 경험하지 못할 과거사가 되고 말았다. 그래도 오랜만의 기차 여행(?)은 나를 꽤 설레게 했다.

열차가 한 역에서 다음 역을 향해 달려가듯 사람과 사람 사이에도 복수(複數)의 이야기가 쓰인다. 그 사연이 의미로 와지는 건 너와 내가 '서로'라는 이름으로 머무르기로 약속한 순간부터다. 불특정 다수가 드러내는 열정이나 모르는 이의 일상에서 피어난 행복은 내겐 무의미하나 내게 '이름'을 가진 너의 사정은 각별하다.

기차가 동대구역 플랫폼으로 들어서니 하늘이 환타색으로 얼룩진 곳 하나 없이 물들어 있었다. 점점 짙게 물들어 가는 하늘을 플랫폼 끝에서 바라보다가 문득 손바닥으로 내 이마를 짚어 보니 약간 열감이 느껴졌다. 미열로 드러난 병증의 원인에 대해 고민한다. 그건 언젠가 환타색 석양시를 함께 바라본 과거가 있는 '너'의 이름을 기억해 낸 순간, 그날의 추억이 리와인드(rewind)된 탓이다. 우리는 어렸고, 또 서툴렀다. 완전한 '우리'가 되기엔 결정적인 타이밍을 붙들지 못했고 서로에게 비중이 있는 배역도 되어 주지 못했다. 그러니까, 이건 아마도 조금 슬픈 이야기.

첫사랑의 의미를 어디에 두는가에 따라 그 대상은 달라질 수 있다고 생각한다. 내게 첫사랑을 묻는다면 스물일곱 일본에서 만난 H라고 말하고 싶다. 그는 그 전까지 내가 한, 연애라 여겨 왔던 대상에 대한 개념을 송두리째 바꾼 사람이었다. 연애는 말랑거리고 달달한 것만이 아닌, 치열하고 격렬한 것이며 소유를 지향하는 관계란 것을 그때 알았다. 틈만 나면 만나야 한다고, 서로가 서로에게 온리 원이어야 한다고 그는 내게 주장했다. 그는 어디든 더 많은 곳에 나를 데리고 가지 못해 안달했고, 덕분에 나는 일본 곳곳을 가 볼 수 있었다. 특히 그와 함께 기차로 떠났던 바닷가 온천 마을을 잊을 수가 없다. 출발도 충동적이었고, 다소 귀찮아하며 떠난 그 마을이 그렇게 근사한 곳이었을 줄이야. 낮에 한바탕 내린 소나기로 그 지방의 명물이라는 수국이 기찻길을 따라 끝없이 줄지어 서 있었고, 푸르고 둥근 얼굴 가득 촉촉이 맺힌 물기가 개인 하늘 밑에서 눈부시게 반짝이는 모습을 한참 바라보다 낙조가 가라앉기 시작할 무렵 기차에 올랐다. 세상에 그보다 아름다운 풍경은 없을 거라고 생각했다. 우린 기차에 나란하게 앉아 미지근해진 녹차를 마시며 창 밖의 풍경이 짙고 어둡게 변해 가는 걸 바라보았다. 기차는 덜컹거렸고 그 시간이 거짓으로 사라질까 봐 마냥 붙잡고 싶었던 나는 대신 그의 손을 꽉 잡았다. 내 손이 뜨거웠던 것인지, 아니면 그의 손이 뜨거웠던 것인지는 모르겠지만 그 순간의 온도는 뜨겁다는 말 외엔 표현할 길이 없을 듯하다.

  "언젠가 서울에서 출발하는 기차를 타고 너와 여행을 하고 싶어. 나는 단 한 번도 일본을 벗어나 본 적이 없거든. 지금까진 한 번도 외국에 가 보고 싶다는 생각도 해 본 적이 없지만 지은의 나라니까 한국은 꼭 가 보고 싶어졌어. 그땐 우리 오늘처럼 함께 기차를 타자."

그러나 이별은 느닷없이 찾아와 소리 없이 서로의 삶에서 멀어져 갔다. 한국으로 돌아온 건 나 혼자였고, 그날의 약속은 지켜지지 못했다. 아마도 영원히 지켜질 리 없는 그 약속을 그는 기억조차 할까 싶기도 하다. 실은 나 또한 그날의 약속을 그제야 기억해 냈을 뿐, 그날 입은 그의 옷차림도, 정확한 날짜도, 심지어 수국이 가득했던 역 이름도 기억하지 못한다. 그의 풀네임을 떠올리는 데에도 시간을 꽤 들여야 했고, 더 솔직히 고백하자면 얼굴 모습도 희미하다.

비록 우리의 결말은 '함께 오래오래 행복하게 살았습니다'로 맺어지진 못했지만 '조금 충분한'과 '다소 부족한'의 그 어디쯤엔 두어도 될 만한 애틋한 로맨스로는 가능하지 않을까. 한 시절을 풍미했던 유행가처럼 슬프지만 아름다운, 너와 내가 '우리'이던 시절 속에 잠겨 서울발 기차는 결국 함께 타 본 적이 없음을 기차역에서 기억하는 그런 날의 이야기가 플랫폼으로 완전히 묻히기를 기다리다 나는 천천히 역을 빠져나왔다.

05

균형에의 지향

송파구에 종종 들르는 돼지고기 두루치기집이 있다. 저렴한 가격에도 불구하고 단순한 재료로 풍부한 맛을 내는 곳이라 무척 좋아하는데, 이곳은 이 두루치기 말고도 '계란당면'이라는 사이드 메뉴가 아주 인기가 많다. 이 집에 가서 두루치기를 시키는 동안 이 사이드 메뉴를 먼저 주문하지 않으면 이 가게의 맛을 완벽하게 즐기지 못하게 되는 것과 마찬가지일 정도.

이렇듯 단일 혹은 소수의 메뉴로만 승부를 하는 맛집에 가 보면 메인만큼 인기 있는 사이드 메뉴가 한 가지씩은 있어서 본 요리 돌입 전 입맛을 돋궈 주기도 하고, 주문한 음식이 준비되는 동안 출출함을 달래 주기도 해, 사이드 메뉴는 이름에 '사이드'가 붙기는 해도 때로는 메인만큼 사랑을 받는 경우가 있다. 그러나 사이드 메뉴가 돋보이게 된 건 이미 그 가게에 근사한 메인 요리가 존재하기 때문에 가능한 일이었음을 간과해서는 안 된다. 가게에 손님이 한꺼번에 몰려 주 요리가 나올 때까지 어느 정도 기다림을 필요로 할 때, 무겁지 않으면서도 영민한 사이드 메뉴는 그동안의 허기를 달래 주는 동시에 메인 요리를 향한 기대감을 고양시키는 데 효과적이다. 너무 당연한 말이라 '답정너' 같지만 이렇듯 메인과 사이드 메뉴는 가격의 높고 낮음은 있을지라도 그들이 가지는 가치는 '상호 보완'에 깃든다.

내가 하는 일은 사람들을 많이 만나야 하는 영업직으로 자주 새로운 사람들과 마주하게 되는데, 그러다 보면 내 본업과 당장에는 무관해 보이는 일들을 맡게 되는 경우도 종종 생긴다. 만남의 횟수가 늘어갈수록 알게 된 한 가지는 대부분 사람은 다양한 고민거리를 시한폭탄처럼 껴안고 살아가며 모두 함께 '외롭다'는 사실이다. 보유 자산이 크건 작건, 외모가 출중하건 그렇지 못하건, 나이가 많건 적건, 여자가 되었건 남자가 되었건, 고민의 양과 질이 반드시 그런 조건들로 좌우되지만은 않았다. 우는 사람에게 티슈를 뽑아 주는 일, 아픈 사람에게 적절한 병원을 소개하는 일, 대화가 간절한 사람들에게 말 친구가 되어 주는 일, 내가 아는 맛집을 소개하거나 멋진 장소나 작품을 발견했을 때 공유하는 일은 사실 내 본업과는 그다지 관련이 없는 사이드 메뉴 같은 일이다. 만일 내가 본업을 내팽개치고 그런 사이드 메뉴와 같은 일에만 몰두한다면 물색 모르는 아마추어로 남겠지만 내 본업과 사이드에 적절히 에너지를 안배할 때 그 둘은 강력한 시너지 효과를 낸다는 걸 알게 되었다. 만나는 사람들의 층위가 다양한 덕분에 필요한 인재들을 적재적소에 연결해 주는 일도 그런 의미의 연장선상에 있으며 무언가를 부탁할 수 있을 만한 사람으로 기억된다는 건 상당히 근사한 기분이기도 하다.

가장 중요한 사실은 사이드 메뉴가 일회적인 낚시성 이벤트가 되어선 곤란하다는 점이다. 메인과 사이드는 각각 독립적인 존재이자 고유의 가치를 품고 있되 서로의 영역으로 과도하게 범람하게 해서는 안 된다. 상호 보완의 다른 말은 상호 존경이며 나는 그걸 '균형에의 지향'이라고 부른다.

06

oooooooooo

행운의 총량, 불행의 잔량

1997년 한국에 IMF 외환 위기가 닥치면서 사회 경제적으로 많은 상황이 우울하게 변해 갔다. 특히, 대학을 졸업하면 적당한 회사에 취업할 수 있을 거라는 당연한(?) 희망이 산산조각 났다. 이른바 '인턴직'이라는 제도가 생겨 어찌어찌 취업이 된다 해도 정직 전환까지는 혹독한 시험 기간을 거쳐야 하는데, 당시만 해도 근로법이 허술했던 시기라 매우 작은 급여에 야근이나 특근을 수당 하나 없이 시킨다 해도 토를 달 수 없었다. 그럼에도 인턴 기간 후 정직으로 채용될 수 있다는 확신만 있다면 견딜 수도 있을 테지만 그마저도 모호했다.

내게는 이모가 네 분이 계시고, 당시 막내 이모는 일본에 살고 있었다. 어릴 적부터 유일한 조카딸인 나를 유난히 잘 챙겨 주던 이모들은 내게 소위 '비빌 언덕'이었다. 그렇게 대학을 졸업한 나는 대한민국의 엄혹한 취업 전쟁을 피해 일본 막내 이모네로 떠났다. 처음엔 잠깐 어학연수 정도만 할 작정이었는데 어쩌다 보니 대학원 문턱도 넘어 보고 스물아홉 겨울에야 한국으로 되돌아왔으니 20대의 많은 부분을 일본에서 보낸 셈이다. 하긴 지나고 보니 내 삶은 계획한 대로 흘러간 적이 거의 없었던 듯도 하고.

당시 일본은 풍요롭던 버블 시대가 끝나기는 했어도 여러모로 선진국다운 세련된 면모를 갖추고 있어 나는 금세 일본과 사랑에 빠지게 되었다. 음식부터 공기까지 그 나라의 많은 문화가 나와 성정이 잘 맞았다. 이모 집이 있는 곳은 후지산이 선명하게 보이는, 포도밭과 복숭아 과수원이 많은 작은 고장이었는데, 시골이라고는 해도 풍광 이외의 것들은 사실상 대도시보다도 편리했다. 어딜 가나 거리는 말끔했으며 사람들은 매너가 좋았다. 집에서 몇 발짝만 가면 편의점과 대형 마트가 있어, 바퀴 달린 금속 카트는 백화점 지하의 식품관에서만 볼 수 있는 희귀한 것인 줄 알았더니 거기서는 집 앞 마트만 가도 흔했다. 지금이야 한국도 이미 그런 문화가 자리잡은 지 오래지만 당시엔 그런 모습이 부러움과 동경의 이유 중 하나가 되었다.

그래서인지는 몰라도 1년만 머무르려던 내 일정은 한 해 한 해 늘어갔고, 이모부 일로 이모네가 타 지역으로 이사를 하게 되면서 내 생애 최초의 독립도 외국 땅에서 이루게 되었다. 아르바이트와 학업을 병행하느라 수면 시간은 부족했고 몸은 고되었지만 돌아보면 내 인생의 황금기는 그 시절이었던 듯하다. 어찌 되었든 인생의 어느 시기를 외국에서 살아볼 수 있었단 건 굉장한 경험인 게 사실이니까. 냉장고엔 각종 맥주를 가지런히 채워 두었고, 노을이 질 무렵 내 고양이는 거실 소파에 납작하게 배를 깔고서 낙하하는 태양과 속도를 맞추어 뉘엿뉘엿 졸고는 했다. 한밤중의 베란다에서 사자자리 유성우가 투두둑 쏟아지는 걸 목격한 다음 날, 같은 자리에 간달프(영화 반지의 제왕 속 백발 마법사)가 휘두른 마법처럼 계절과 무관하게 만년설이 산 꼭대기에 하양으로 칠해진 후지 산이 우뚝 서 있는 광경은 매일 보아도 신묘했다. 집 근처 오래된 건물에 자리한 만화 카페에 들어가 카레 런치를 주문해 먹으며 일본어로 된 만화책을 읽기도 하고, 밤 10시쯤 울적해질 때마다 들르는 단골 바도 생겼다.

봄이면 흐드러지게 만개한 벚나무의 분홍색 꽃 비를 맞으며 편의점 도시락을 까먹고, 여름엔 화산 폭발로 생긴 거대한 호수에서 펼쳐지는 불꽃놀이를 보러 갔다. 가을 교토의 그토록 붉을 수 없을 듯한 단풍에 두근두근 심장을 태우기도 하고, 겨울엔 부러 눈이 펑펑 쏟아지는 도시로 향하는 기차에 올라 가와바타 야스나리의 소설 〈설국〉 속 한 장면을 떠올리기도 했다. 매일이 비현실적으로 멋지고 근사해 문득 무서워진 날도 있다. 불행이나 비극을 꿈꿀 필요야 없지만 일상이 늘 행운처럼 느껴지면 분명 최선을 다해 살고 있으면서도 어쩐지 요행으로 사는 것처럼 여겨지는 법이다.

과연 삶의 어느 순간부터 불행한 일이 연속으로 터지자 도무지 적응하기 힘겨웠다. 혹시 미래에 누렸어야 할 행운이나 기쁨, 세상의 호의 같은 걸 미리 인출해 써 버린 건 아닌지, 그래서 그때 차근차근 겪어야 할 불운이나 불행의 나머지를 이제야 몽땅 덤탱이 쓰듯 받는 것은 아닌지, 이런 합리적인(?) 의심까지 하기에 이르렀다. 미리 소진한 행복과 나중에 일시불로 청구 받은 불행의 무게가 비등하기나 한지 가늠조차 할 수 없어 새로운 불안에 빠지기도 했다. 마침내 마음에 병이 든 나는 조금만 즐거워도 또 조금만 불행해도 격하게 덜컹거렸다. 내 안에 쌓여 가는 두려움은 농도 짙은 슬라임처럼 들러붙어 떨어질 줄을 몰랐다.

당연한 말이지만 시간이 해결해 주는 것은 없다. 물론 모든 건 언젠가 지나가지만 통과 속도는 모두에게 공평할지라도 불행의 반경과 행복의 구심은 저마다 달라 허리에 양손을 얹고서 해맑게 웃으며 '이제 다 지나갔어!'라고 읊조릴 수 있는 순간이 차례로 다가오진 않았다. 다만, 교훈이 남았다. 어떤 방식이 되었건 그 상황을 해결(극복)해야 하는 건 오롯한 나의 몫이라는 것, 세상에 대가나 이유가 없는 요행수는 존재하지 않는다는 교훈이. 만일 내가 엎어져 무릎과 턱이 까져 피를 흘리고 있을 때 어떤 존재가 내게 친절을 베풀었다면 감사한 일임과 동시에 그건 빚이다. 이자 한 푼 붙이지 않고 내게 꾸어 준 친절이 그토록 은혜로운 일임을 깨닫는 과정에서 내가 진 호의라는 부채를 베푼 당사자에게 갚을 수도 있겠으나 언젠가의 나처럼 연쇄적인 불행의 폭격에 힘겨워하는 누군가에게 다정함을 나누어 줄 수 있는 사람이 되는 일이야말로 앞으로 실천해야 할 덕목임을 배웠다.

나를 아끼는 사람이 있듯이 나를 미워하는 사람도 세상에는 존재한다. 그러나 그들 모두에게 나는 '서지은'일 뿐이다. 미움과 애정의 책임이 죄다 나에게 있을 거란 강박을 미련스레 품고서 살고 싶지는 않다. 누군가 나를 아껴 주니 고마워서 나도 상대방에게 동일한 양의 애정을 퍼부을 수는 없듯 나를 미워한다 해서 늘 해명에 연연하며 살 수는 없는 노릇이다. 실수에는 사과를, 호의에는 감사를 하는 것이 기본 예의이듯 사람과의 관계 맺음에 있어 어떤 존재를 향한 애정이 자연스레 싹트는 것과 네가 나를 사랑해 주니 나도 너를 사랑하기로 하겠다는 건 너무나 다른 이야기이다. 마찬가지로 누군가가 나를 몹시 미워한다고 해서 내가 똑같이 미움이란 구렁텅이로 나를 쑤셔 넣을 이유 또한 없다.

일본에 살 때 자주 해 먹던 간편 요리 중 '오차즈케(밥에 우린 녹차를 붓고 각종 고명을 얹어서 먹는 음식)'가 있다. 한 그릇의 오차즈케가 가장 맛있었던 순간은 술을 진탕 마신 다음 날 숙취로 괴로웠던 아침임을 기억한다. 살아가는 일도 마찬가지다. 더 이상 한 방에 몰아치는 불행과 연속으로 다가오는 행운에 몸을 떨며 안절부절못하지는 않는다. 겸허나 겸손과 같은 진부한 단어야말로 결정적인 순간에 나를 붙잡아 주는 단단한 손길이고 '고맙습니다', '사랑합니다'라고 제 목소리로 말할 수 있는 사람이 되었다. 이런 내 목소리가 누군가에게 전해진다면 적어도 우린 적이 아니라 친구라는 사실을 기억해 주기를 간절히 바라는 마음으로 살아간다.

07

혀끝으로 기억하는 당신의 맛

내 엄마는 요리 솜씨가 참 뛰어난 분이다. 어지간한 음식은 다 집에서 해 주신 바람에 바깥에서 사 먹는 음식이 엄마 음식보다 만족스러웠던 경험이 많지 않다. 그런데 또 내 엄마는 어차피 시집가면 많이 할 거니까, 라는 이유로 자라는 동안 내게 집안일을 거의 시키지 않았다. 그런 이유로 대학 졸업 후 떠난 일본 유학 시절 최초의 독립을 하게 되면서 가장 좌충우돌했던 것 중 하나는 손수 밥을 해 먹는 일이었다. 하지만 곧 알게 되었다. 내가 가진 식탐만큼 음식 하기를 좋아하는 사람이란 사실을. 음식 만들기를 즐기는 사람치고는 딱히 내 머릿속에 가지런히 정돈된 레시피 같은 것도 없고, 플레이팅 또한 정식으로 배워 본 일이 없으니 음식을 완성할 때마다 맛이나 모양새가 조금씩 달라지기는 해도 여전히 음식을 만들고 나누는 일은 근사한 일이라 생각한다.

요리를 할 때 중요한 건 맛을 복기해 내는 일이다. 실제로 나는 음식을 더 잘하고 싶어 맛집을 자주 찾아 다니게 되었다. 어딘가에서 먹은 맛있는 음식에 대한 기록에 내가 유난히 집착하는 이유도 언젠가 그 요리를 손수 만들어 보고 싶다는 욕심 때문이다. 맛을 기억하고 있는 한 그 음식을 어느 정도는 재현해 낼 수 있다고 믿는다. 그리고 시도는 대체로 성공적이었다. 이게 무슨 거창한 달란트인 것 같지만 결국 음식이 되었건, 사람과의 관계가 되었건 대상을 향한 관심과 호감의 크기에 따라 비례 곡선을 그리는 정성 때문이라 생각한다.

아끼는 사람들과 안부 인사를 주고 받을 때 '식사했어요?' 하고 묻는 건 이런 마음에서다. 맛있는 음식을 먹을 때 누구와 함께였는지가 매우 중요한 나는 누군가와 만났을 때 허기나 면하자고 끼니를 대충 때우는 걸 꺼린다. 덕분에 훗날 맛있게 먹었던 한 끼를 재현해 보려 할 때 자연스레 그 음식을 나누었던 상대나 그 음식을 맛보게 해 주고 싶은 대상이 떠오르고는 한다. 영화 〈달콤 쌉싸름한 초콜릿〉에서 페드로는 사랑하는 여인 띠따 곁에 머무르기 위해 마을의 전통에 따라 떠따의 언니 로시우라와 결혼을 한다. 페드로는 결혼식 날 몰래 떠따에게 꽃을 건네고 떠따는 그 꽃으로 사랑하는 남자와 언니의 결혼식을 위한 웨딩 케이크를 만든다. 그리고 그 케이크를 먹은 하객이 모두 눈물을 흘리는 바람에 결혼식장이 울음바다가 되어 버린 장면을 기억한다. 사람들이 눈물을 흘렸던 건 떠따의 서글픈 심정이 요리에 담겼기 때문이다. 사랑하는 사람을 가까이 두겠다고 서로를 형부와 처제로 만든 연인들, 그리움이란 족쇄에 갇힌 채 살아가겠다는 그둘의 선택을 도무지 이해하기 어려웠지만 어째서 그 케이크에서 슬픈 맛이 났는지, 사연을 모르는 하객들조차 왜 그 케이크를 먹는 순간 눈물이 났는지는 알 것만 같았다.

좋은 사람이 생기면 자주 요리가 하고 싶어진다. 혹은 맛있는 식당에 데리고 가서 그 사람의 그릇에 음식을 떠 주고 싶어진다. 내 좋은 사람과의 역사는 그렇게 혀끝에 새겨져 우리의 미래는 새 미뢰(味蕾)로 피어난다.

08

∞∞∞∞∞∞∞

새해 첫날은 쉼표처럼

새해를 맞이한 게 엊그제 같은데 어느새 봄이 5부 능선을 넘었다. 나이에 숫자를 하나씩 얹어 주는 새해 첫날을 맞이할 때마다 처음으로 오지선다 문항을 마주한 날처럼 혼란스럽다. 누군들 명징한 예감으로 새해 첫날을 맞이하랴 싶으면서도 역시 나이가 늘어난 만큼 현명해져야 한다는 의무감이 깊어진 탓이겠다. 그래서인지 새해 첫날은 당황과 불안이 모호한 비율로 섞인 폭탄주를 앞에 둔 술상무가 된 것만 같다. 거부하고 싶어도 피할 수 없는, 그게 아무리 독해도 원샷을 해야만 하는.

폭탄주 원샷에 비틀거리면서도 돌아보면 독주로 인한 숙취가 두고 간 깊은 피로를 '덕분'의 힘으로 버텨 왔음을 알

040

수 있었다. '덕분' 덕분에, 단 한 번도 당당하게 통장이라 부르지 못한 '텅장'을 쥐고서도 지금은 모녀 삼대만 사는 집에서 밥 굶지 않고, 어쩌어찌 대출 이자를 밀리지 않고서 한 달을 무사히 넘기며, 아이 학원과 학습지 등을 끊지 않아도 되었다. 매주 미사를 드리며 적은 돈이나마 헌금을 하고, 드물긴 하지만 감사 헌금을 드린 날도 있으며, 아주 소액이긴 해도 장애인과 결식 아동을 위한 기부도 하고 있다. 지난 모든 날 중 아름답지 않았던 순간이 하나도 없었다는 거짓말은 때려 죽여도 할 수 없지만 어쩌다 내 눈에 들어온 반짝임을 좇아 흔들리면서도 앞을 향해 나아갈 수 있었다.

짙은 안개 속에서 발굴해 내는 미학의 미덕은 내 몸에 꼭 필요한 미네랄과 같다. 정작 필요한 양은 아주 미세할지 몰라도 그게 없다면 살아도 사는 것이 아니며 아름다움을 향한 나의 열망이 때로는 절체절명의 순간을 넘어서게 하는 결정적인 힘으로 작용한 순간이 분명히 있었다. 중년의 나이에도 여전히 보상에 목말라하며 순수나 신념 같은 건 오래전 현실이라는 송골매에게 던져 줘 버린, 삼단 뱃살과 중력을 거스르는 법을 알지 못해 처지기만 하는 주름을 스마트폰 보정 앱으로 뻔뻔하게 지워 버리는 속물이지만 아름다움을 향한 시선만큼은 포기가 안 된다.

좌절은, 그 맛이 써서 진저리를 치는 것이 아니라 나의 부푼 기대감 뒤에 감쪽같이 몸을 숨기고 있다 등장한 '실패'라는 이름의 악당이 내 영혼을 한없이 쪼그라들게 해서다. 내 삶의 주인공은 나인 줄 알았는데 실패가 주인공 자리를 꿰차고선 재기의 여지마저 오독오독 밟아도 으스러진 갈빗대를 감싸 안고 웃으며 다시 무대 위로 나서야만 한다.

사실 새해 첫날 무슨 거창한 결심이 필요할까. 기껏 살아남았다는 이유 하나로 한 해의 마감을 안도하는 처지에. 내게 새해는 그저 살아야 할 다음의 시간일 따름이다. 이런 내게 아주 작은 반짝임일지라도, 그 반짝이는 것들이 죄다 내 것은 아닐지라도, 바라보는 대상을 향한 벅찬 동경과 질투를 쪽 뺀 채 아름답다는 감각만 조금 맛볼 수밖에 없다 해도, 삶 자체가 목표이자 방법인 나로선 차마 떨치기 힘든 소중함이다.

경제적인 성공? 하고 싶지. 주문처럼 외우고 다니는 장래 희망은 작가라는 꿈? 이루고 싶지. 그러나 알고 있다. 생존과 꿈의 방향성이 다를 땐 내가 어느 쪽을 선택해야 하는가를. 삶의 뒤안길에 심긴 후회라는 나무에 미처 수확하지 못한 과실처럼 주렁주렁 매달린 'if I should'의 냄새는 결코 향기롭지 않다. 꼭 새해의 목표를 세워야 한다면 미래의 오늘 그 과실의 개수가 줄어들기를 바라며 숨쉬듯 달리는 수밖에 없다.

새해 첫날을 쉼표로 보내야 하는 이유는 바로 이것이다. 내일부턴 정말로 앞만 보며 달려야 하니까. 오늘 하루만큼은 숨을 고르고 불안의 모서리를 둥글게 해 피로의 비중을 줄인 후 허세로운 꿈은 잠시 덮어 두라고. 달리는 건 내일부터 해도 충분하다고. 그러므로 오늘 하루만큼은 꿈 속의 나를 지긋이 바라보듯 아무 일도 하지 않는 편이 낫다. 아무 걱정도, 아무 결심도, 아무 각오도, 아무 노력도 없이.

09

엔트로피인가 제로섬인가

물리적 시간은 엔트로피의 법칙(모든 물질, 에너지는 오직 한 방향으로만 바뀐다는 열역학 법칙)을 따라간다지만 삶이 매번 그러한가, 하는 질문에는 '그렇다'라고 간단히 답하기 힘들다. 삶은 어느 쪽인가 하면 엔트로피보다는 제로섬, 즉 '쌍방 득실이 무(無)'인 경우가 더 많으며 다행하게도 대개의 경우 이는 절망보다는 위로로 작용한다. 단순히 삶이 어떤 한 방향으로만(좋은 쪽으로든 나쁜 쪽으로든) 흘러가는 것이라면 사람들은 타성에 젖어 무기력한 일상을 보내게 될 가능성이 크다. 좋음과 나쁨이 동전의 양면처럼 밀착되어 있다, 라는 뻔한 깨달음이야말로 삶을 능동적으로 살고자 하는 사람에겐 앞으로 나아가게 하는 힘이 된다.

하나를 잃고 절망하는 순간 미처 발견하지 못했던 다른 이로운 한 면이 반짝, 하고 내 시야에 담긴 경험이 있을 것이다. 세상에 존재하는 것들에겐 저마다 '끝'이 있어 쇠락과 소멸을 향해 굴러가고 있다지만 많은 사람이 순응보단 극복이란 이름의 역방향을 택한다. 역방향으로 뒤돌아 서 어깨를 들이밀며 그 속에서 가치로운 것과 의미로운 것들이 내게 건네는 행복의 맛을 혀끝으로 핥는 방법을 깨우친다. 놀랍지 않은가! 살면서 신앙처럼 읊는 '이 또한 지나가리라' 문장이 허무맹랑한 것만은 아닌 이유이기도 하다. 비극의 시절도 지나가고 찬란한 기쁨의 순간도 영원히 이어지지 않는다. 비극의 뒷면에 붙어 있는 행운(행복)을 발견해 내는 것이 나의 몫이듯, 벅찬 기쁨의 순간에 주위 사람들의 아픈 목소리에 귀를 기울이는 면모 또한 내가 키워야 할 역량이다. 삶이 엔트로피의 등짝에 기대어 마냥 흘러가기만 하는 것이라면 인간은 굳이 희망을 찾는 모험 따위는 하지 않을 것이다.

타인의 삶에 함부로 단죄나 저주를 해서는 안 되는 이유도 마찬가지이다. 네거티브한 발화를 좋아하는 사람이야 없겠으나, 나는 언어폭력에 몹시 취약한 사람으로 과격한 감정이 흠뻑 담긴 문장과 마주치는 일에 상당한 공포를 가지고 있다. 온라인 상에서 일면식도 없는 사람들로부터 소위 트롤링

(조리돌림)이라 일컫는 공격을 받은 경험도 있어서인지 포털에 게재된 기사나 SNS 상에서 모난 논조의 거친 문장을 발견할 때면 그 타깃이 내가 아님에도 피가 일순 사악 빠져나가는 느낌과 함께 숨이 잘 쉬어지지 않는다. 미디어의 발달로 인해 누군가를 물리적 도구 없이 죽음에 가까운 상태로 몰고 가는 일은 너무도 간단해졌다. 지속적으로, 많은 사람이 한꺼번에, 단 한 사람을 향해 저주성 발언과 단죄의 언어를 퍼부으면 된다. 너무 간단해서 기운이 빠질 정도다. 실제로 그런 방식으로 많은 사람이 목숨을 잃었다. 악담의 무서운 점은 그것을 내뱉는 에너지가 사람을 자꾸 끌어당기는 무시무시한 힘을 가지고 있어 결국 내지르고 모여드는 사람들의 영혼까지 좀먹게 한다는 점이다. 감각의 무감각화는 병이다. 공감 능력은 상실되고 점점 무뎌져 간다.

이혼하는 과정에서 마음속에 고인 응어리 같은 것을 SNS 계정에 곱지 않은 언어로 여과 없이 쏟아 낸 적이 있다. 너무 아팠다. 죽을 정도로 아파서 살아 있는 일에 오만 정이 떨어질 정도였다. 모르는 사람들이 그런 나를 겨냥해 칼 같은 단어들을 쏘아 댈 때 무릎을 세워 일어서는 일조차 힘겹고 온몸이 세포 단위로 쪼개지는 것 같았음에도 끝내 같은 방식으로 되갚음 하지 않겠다는 결심을 했던 건 비단 똥이 더러우니 피하자는 심산만은 아니었다. 공격받은 순간 응징을 위해 내가 끌어올 어두운 에너지가 무서웠다. 내가 받은 고통과 유사한 강도의 칼을 쓰게 되면 어쩌면 그 사람들에게 순간의 고통은 가할 수 있을지 모르지만 그 칼이 언젠가 또다시 내게 되돌아올 것 같았다. 고통을 고통으로 극복하려는 시도는 바보 같은 일이다. 타인에게 고통을 가하는 것은 극복의 수단이 될 수 없다.

하루 중 딸아이에게 가장 많이 하는 말은 '사랑해'다. 그리고 사랑해, 라는 말 뒤엔 '나도 사랑해'라고 주고받는 습관을 오랫동안 들여왔다. 덕분에 우리는 하루에도 몇 번씩 서로를 향해 사랑한다고 고백한다. 그렇다고 해서 내가 나를 향해 분노와 화를 퍼부은 사람에게까지 사랑해, 라는 말을 건넬 정도의 성인군자는 아니다. 다만, 어떤 말에 '나도 마찬가지로 너를'이라는 문장을 붙이고 싶거든 그게 말인지 칼인지 돌아보아야 한다.

10

여행, 좋아하세요?

아마도 여행을 싫어하는 사람은 거의 없을 텐데, 결혼 전이야 종종 국내든 국외든 혼자서 여행을 떠나고는 했지만 결혼 후엔 바로 아이가 생기기도 해서 홀로 여행하는 일이 여의치 않다가, 2016년 11월 내 이혼이 마무리된 후 십수 년을 몸담아 온 회사마저 그만두게 되면서 이듬해 겨울 아주 오랜만에 도쿄에 갔다, 나 혼자서.

도쿄 방문도, 국제선 비행기를 타는 것도, 몹시 오랜만이라 참 설레었다. 공식적 싱글 및 백수 시대로의 도입이라는 생(生)의 중대한 이슈조차 그 설렘에 비하면 미약하게 느껴질 정도였다. 출국편의 내 좌석은 창으로 비행기 우측 날개가 보이는 곳이었는데, 날개 표면에 자신의 위치를 알리는 빛이 깜박이며 금속으로 이루어진 셸들이 물고기 아가미처럼 들썩들썩 저마다 아우성을 치고 있었다. 마침내 비행기가 굉음과 함께 활주로를 벗어나 창공에 몸을 띄워 저 아래로 바다가 아득히 보일 무렵, 떠남이 주는 벅찬 흥분과 서늘한 불안이라는 양가감정에 휩싸여 팔뚝엔 오스스 소름마저 돋았다.

좋은 여행이란 과연 어떤 것일까? 낯선 장소가 주는 무작위의 정보는 여행객의 오감 곳곳 영감의 수지침을 빼곡히 꽂아 오르가즘에 견줄 정도의 생생한 감각을 맛보게 한다. 그러므로 좋은 여행이란 아무 날도 아닌 날 받게 된 뜻하지 않은 선물처럼 반가울 수밖에 없다. 광택이 있는 폭이 넓은 공단 리본을 풀러 포장지를 뜯은 후 상자의 뚜껑을 열어 보니 그 안에 내가 갖고 싶었지만 구하기 힘들어 거의 포기하고 있던 한정판 굿즈가 들어있는 것과 같이. 그런 여행길 위에선 묘하게 마음의 빗장이 느슨해지기 마련이다. 인간은 낯선 장소에 대해선 본능적으로 공포를 느끼고는 하지만 내가 낯선 장소에 머무는 이유가 '여행'일 경우엔 사정이 완전히 달라진다. 여행은, 처음 보는 이국의 사람들에게 환한 미소를 보내거나 누구와도 한들한들 손을 흔들어 반가운 인사를 나누게 하며 광장 한 곁의 무명 버스커에게 공항 창구에서 환

전해 온 외국 돈을 환율 따위 고민하지 않고 기꺼이 모자 안으로 집어넣게 한다.

눈동자나 머리 색이 다르면 어떻고 말이 통하지 않으면 어떠한가. 여행길에서 마주친 사람들 사이에서는 무언가 멋진 것을 동시간 적으로 공유하고 있다는 모종의 동지 의식이 피어 올라 서로 스스럼 없이 미소와 인사를 주고받고 나아가 누군가와 운명적으로 사랑에 빠지는 일 또한 결코 영화 속에서나 있는 사건이 아니다. 여행을 한 번도 가 보지 않은 사람은 있을지 몰라도 여행을 한 번만 가 본 사람은 없는 이유는 바로 이 해방감 때문이며 첫 여행에서 감각의 해방을 제대로 맛본 사람은 반드시 그 공기를 다시 갈망한다.

애석하게도 나 홀로 떠난 2박 3일의 이번 도쿄 여행에서 낯선 이와 사랑에 빠지는 행운은 거머쥐지 못했다. 그러나 체력과 금전, 시간을 탈탈 소비하고도 아깝지 않다 느끼는 것 중 여행만 한 것은 없음을 새삼 느낄 수 있었다. 귀로의 비행기 안에서 은하수처럼 눈부신 도시의 불빛을 바라보며 다음 여행에 대한 계획을 세우는 이유도 바로 그 때문이겠지. 오랜만에 맛본 혼자만의 여행이 준 달콤함을 음미하며 다음 여행을 그려 보는 동안 비행기가 곧 인천 공항에 도착할 거라는 안내 방송이 흐르기 시작했다.

11

∞∞∞∞∞∞∞

이별의 정의

이혼을 하고 공식적인 싱글의 위치로 돌아온 후 몇 차례 연애 비슷한 걸 했다. 사랑이라 명명하려니 다소 오글거리기도 하고 어떤 상대에 대해선 그 정도로 짙은 감정까진 아니긴 했어도 연애란 모름지기 비타민 캔디처럼 상쾌하고 달달한 것으로 마흔을 넘긴 중년의 이혼녀에게도 그건 크게 다르지 않았다. 하지만 연애의 끝은 '이별'이라는 당연한 수순으로 인해 짧은 연애가 되었든 좀 더 긴 연애가 되었든 연애가 달콤했던 것만큼 헤어짐도 매번 쓰렸다. 횟수가 거듭된다고 하여 이별이 주는 쓸쓸함에 익숙해지거나 덤덤해지지 않더라.

연애 끝 이별 시작이 아픈 이유는 필연적으로 나를 무겁게

덮칠 외로움 때문이기도 하지만 '너'만을 위해 내 시간과 공간과 에너지를 소비하는 행위가 더 이상 허락되지 않기 때문이다. 너와 내가 '우리'라는 특별한 이름을 가지고 있는 동안엔 네가 소중한 만큼 너를 위해 소비하는 시간이 조금도 아깝지 않았고 오히려 너에게 나의 많은 부분을 소비하며 기뻐했다. 그러나 더 이상은 그럴 수 없게 되는 일이 바로 이별이다.

연애 혹은 사랑의 시작이 우연이라는 타이밍과 까닭 모를 우주의 기운에 의해서라면(이걸 '운명'이라 부르기도 한다), 사랑(연애)의 항상성은 당사자의 '의지'와 결부되어 있고, 유감스럽게도 이 의지의 밀도나 온도는 서로가 공평하지도 또 동일하지도 않아 반드시 상대의 의지가 사그라드는 모습을 누군가는 먼저 감지하게 된다. 그러다 마침내 '우리'라는 이름으로 지금껏 차곡차곡 적립해 오던 추억조차 힘을 발휘하지 못하는 순간이 다가오면 상대의 희미해져 가는 의지를 예전으로 소환할 수단이 내게는 도무지 없다.

나이 들어 갈수록 쿨한 이별에 집착하는 건, 연애 종료 후에 이별을 받아들이는 과정에서 '매달림'이 지긋지긋함을 넘어 공포로까지 치환된다는 사실을 직접적이든 간접적이든 경험으로 알아 버린 탓이다. 질질 끄는 이별에 대해 느끼는 지리멸렬함은 더 이상 상처 받고 싶지 않아, 라고 쓰인 벽돌로 쌓아 올린 일종의 방어벽이다. 그렇게 이별이 주는 통증은 도리 없음에 방점을 찍고 차츰 수용이라는 꼭짓점을 향해 나아간다.

이별의 고통이 정점을 찍는 순간 가장 날카롭게 아프고, 연애 사전에서는 그 점의 공식적인 학명을 'THE END'라 부른다.

12

~~~~~~~~~

관계의 이름

누군가와 관계를 맺는 데 있어 그 이름에 집착하던 시절이 있었다. 너와 내가 손깍지를 끼운 순간부터 우리는 서로에게 속해 있어야 하고 그 틈을 좁혀 가는 과정에 애를 써야 한다고. 그것이 서로를 향한 감정에 대한 예의이자 최선이라 믿었다. 그러나 이 정도쯤 살아 보니 생각이 조금 바뀌었다. 고개를 돌렸을 때 약간 떨어진 거리일 망정 비슷한 방향에 익숙한 존재들이 있다는 사실이 얼마나 다정한 일인지를 알게 된 것이다.

그의 숨결과 감촉이 그리워지고 그 사람 또한 내게 그러한 날, 마치 아르헨티나 탱고를 추는 댄서들처럼 함께 손을 맞잡고 서로의 팔꿈치가 부드럽게 구부러지며 휘익 상대와의

거리가 가까워진 그 순간 받는 충만한 기쁨을 무엇과 비교할
수 있을까. 빙글, 같은 자리에서 턴을 시도할 때에도 상대의
발등을 밟지 않도록 조심하고 다시 팔을 천천히 뻗어 내가
그대를 그대가 나를 원래의 자리로 돌려보내는 일의 우아함
을. 그래서 작가 무라카미 하루키는 소설 〈댄스 댄스 댄스〉에
서 사는 동안 멈추지 말고 줄곧 춤을 추라고 했던 걸까.

　함께 추는 춤에 있어 중요한 것은 신뢰와 호흡이다. 둘 사
이에 놓인 딱딱한 장벽을 허물고 한껏 상상력을 발휘하는
것, 언제나 그 자리에서 네가 나를 온화한 눈동자로 바라봐
주고 있는 한 나는 더 나은 내가 되고 싶어진다는 것, 함께
플로어를 도는 시간이 더해질수록 우리의 스텝이 한층 윤기
있어질 거라는 믿음. 어쩌면 우린 자주 잊고 사는 건 아닐까.
네가 예뻐서 좋은 것이 아니라 좋아서 예쁘다는 것을. 더 이
상 서로가 예쁘다고 느껴지지 않는다면 억지로 같이 춤을 출
이유가 없다.

13

불행의 경쟁

뭐 하나 제대로 풀리지 않는 시기가 있다. 잘해 보려 하면 할수록 엉켜 버린 실타래처럼 사태가 점점 더 꼬이는 그런. 그럴 땐 그만 손을 탁 놓고 싶어진다. 이 세상에서 내가 가장 불운하고 비극적인 인물이 된 것만 같다. 그런데 곰곰 생각해 보면 불행에 '가장'이란 부사가 무슨 소용이 있나 싶다. 매번 지난 불행을 주르륵 세워 누가 누가 더 '센 놈'인지 가늠이 가능하냐는 말이다. 힘든 지금이 지나면 당시 느꼈던 불행의 질감이 제대로 기억나지 않는다. 그저 힘들'었'던 과거사로 옅어져 갈 따름이다. 결국 어떻게 해서든 앞을 향해 나아가야 하고 가다가 길이 끊겼거나 출구가 보이지 않으면 연장을 빌려서라도, 연장이 없으면 맨손에 피가 맺혀 손톱이 빠지도록 후벼서라도 출구를 내어야만 한다.

너무 힘이 들 땐 누군가의 도움이 간절해지기도 하지만 대부분의 사람은 무심한 얼굴로 나를 모른 체하거나 내 비참한 모습을 보고 싶지 않다며 등을 돌리고 떠나갈 수도 있다. 사람들은 타인의 불행에 생각보다 관심이 없다. 그러나 그 가운데서도 누군가는 수줍은 조력자가 되어 주기도 하고, 또 어떤 누군가는 나의 비극을 자신의 욕심을 채우는 기회로 삼기도 한다. 불행할 때 비로소 사람이 갈리는 법이라더니 인생에 있어 '같이의 가치'를 주고받는 일의 진짜 의미를 지난 불행의 선생들에게 배웠다.

사랑이 상대의 전부를 믿어야만 하는 전능한 이유가 될 수 없듯 전적으로 신뢰한다고 해서 그것이 완전한 사랑의 증명 또한 아니다. 애정을 바탕으로 하는 관계에서 신뢰라는 교집합의 비율이 더 커지기를 소망하지만 삶은 순하고 무던하게만 흐르지 않는다. 그토록 복잡한 삶이라서 지금까지보다 심플하게 살고 싶어진 듯도 하다. 맛있는 것을 먹으며 즐거워하고, 즐거우면 웃고, 화가 날 땐 소리를 지르거나 엉엉 우는. 중요한 건 감정의 앙금을 내 속에 자꾸 쌓아 두지 않는 일이며 불행을 피해 갈 수 없다면 불행에 지지 않고 버틸 수 있는 여력을 만드는 수밖에 없다. 내 학창 시절엔 '체력장'이라는 것이 있었다. 말 그대로 학업과 입시가 체력적으로 가능한지 테스트를 하는 것이다. 그중 한 종목인 철봉 오래 매달리기를 통과하기 위해선 팔의 근력이 필요하다. 그렇듯 불행의 공격에 버티기 위해서는 마음에도 근력을 키워야 한다. 몸의 근력을 쌓기 위해 먼저 잉여 지방을 덜어내야 하듯 마음의 근력을 쌓기 위해서도 감정의 앙금을 비울 줄 알아야 한다.

14

○○○○○○○○○

로맨틱 에고이스트

요즘은 고전을 잘 읽으려 하지 않지만 그게 누군가의 은밀한 '일기'라고 하면 이야기는 조금 달라진다. 사실 사람들은 타인의 사생활에 관심이 없는 척할 뿐 한편으론 훔쳐보고 싶어 하니까. 관음을 '죄'로 판결해 단죄해야 한다면 그 시선에 상호 교류적 애정이 아닌 이기적인 욕망이란 필터가 드리워져 있을 경우겠지. 우아와 혐오라는 모순된 의미를 동시에 열거할 수 있는 단어인 B.C.B.G(Bon Chic Bon Genre, 좋은 스타일 좋은 분위기라는 뜻으로 프랑스 엘리트 학생 느낌의 복장을 가리키는 패션 용어)의 풀 스펠링은 몰라도 같은 이름의 의류 브랜드에서 이번 시즌 출시한 캐시미어 코트의 정보만큼은 구석구석 알고 있는 여자를 천박한 감수성의 소유자라 손가락

질할 자격은 누구에게도 없다.

　벼룩 시장에서 선물처럼 발견한 BCBG의 초콜릿색 코트를 걸친 나는 카페에 앉아 베그베데의 일기장을 조심스레 펼친다. 한갓 쓸모없는 것들이야말로 아름다운 존재라고. 온 세상에 뽀얗게 만연한 미세 먼지 틈으로 눈부신 햇살을 한 가닥씩 줍는 일이나 새벽 두 시에 잠에서 깨어 처음으로 왼손을 사용해 시도해 본 마스터베이션이 준 기쁨의 체급이 별반 다르지 않은 것과 마찬가지의 의미로. 베그베데가 써 내려간 사랑 혹은 퇴폐와 타락의 기록인 〈로맨틱 에고이스트〉를 발견한 건 낯선 도시에서 홀연 들어간 오래된 중고 서점의 책장 앞이었다. 바람둥이들의 지적인 무기로 종종 쓰이는 '내 맘에 드는 여자는 모두 너의 표절이다'라는 문장이 몇 페이지에 인쇄되어 있는지 궁금해진 나머지, 붉은 표지를 허겁지겁 들추다 들숨과 날숨 조절에 실패해 종이가 머금고 있던 책 먼지를 잔뜩 들이킨 나는 미국 동부에서 창궐한 토네이도 급의 세찬 기침을 쏟았으니, 도리 없이 그 책을 구입할 수밖에. 덕분에 그가 쓴 일기장을 펼칠 때마다 파블로프의 개라도 된 듯 매번 잔기침이 튀어 나온다. 결국 그의 문장과 문장 사이로(물론 저 유명한 문장에도) 무수한 침이 튀어 식후에 마신 홍차 냄새 같은 것들이 희미하게 배고 말았지만 그것이

다즐링인지 잉글리시 브렉퍼스트인지 지금은 기억하지 못하는 걸 보면 퇴폐와 타락의 기록이란 이처럼 혼란스럽기 마련인 걸까.

일기장이 세월의 습기를 머금어 세피아 빛으로 변색된 걸 일컬어 베그베데는 오줌 종이라고 했다. 그에게 〈로맨틱 에고이스트〉는 오줌처럼 본능적이고 뜨거운 기록물일지도. 주말 아침 침대에서 두 눈을 빼꼼 내밀고 책장 두 번째 칸 〈그리스인 조르바〉와 〈위대한 개츠비〉 사이에 당당히 꽂혀 있는 〈로맨틱 에고이스트〉를 응시한다. 이 얼마나 근사한 조합인지! 지구상에 그리스인 조르바와 위대한 개츠비만 한 로맨틱 에고이스트가 어디 있다고. 그 순간 세상의 모든 로맨티스트들이 부디 심각한 에고이스트가 되어 죽는 날까지 한껏 고독하기를 바라고 또 바랐다.

15

어쩌다 쓸쓸하지만
대체적으로 다행한

손을 뻗으면 파스스 부서질 듯 얄팍하게 크림이 발린 고프
레 비스킷 하늘이 얼룩 한 점 없이 새파란 일요일을 가르며
차를 달린다. 도착한 성당에서 고요히 주일 미사를 드리고
영성체를 받아 모신 후 돌아오는 귀로의 공기는 어제보다 약
간 쓸쓸한 온도.

식탁 의자에 앉아 냉장고 야채 서랍에서 꺼낸 주황색 파
프리카를 통째로 아삭아삭 깨물며 파리를 배경으로 쓰인 제
프 다이어의 소설 〈내가 널 파리에서 사랑했을 때〉를 펼친
다. 무언가를 먹으면서 책을 읽는 습관을 그만두어야 한다고
생각하면서도 자주 결심을 잊어버리고는 하지만, 으스러진
파프리카 즙이 잔뜩 입 안으로 퍼지는 동안 소설의 어느 장

면에서 루크가 탄식한 섹스 냄새라는 단어를 읽는 순간처럼 나의 독서가 잠시 길을 잃을 때 먹는다는 행위는 확실히 도움이 된다. 먼먼 지난 날의 이야기들을 헤매다 문득 깨닫는, 내 추억을 가장 빈번하게 관음하는 이는 바로 나 자신이라는 것, '생각과 말과 행위로 죄를 짓는 일'에 안식일은 없다는 사실에 마음결에도 애틋한 즙이 고인다.

오래전 그날, 채 꺼지지 않은 담배에서 피어 오른 연기가 죽은 자의 몸에서 혼이 빠져나가 듯 허공을 향해 옅어져 가는 동안 간밤에 마신 미국산 병 맥주와 커피 땅콩이 섞인 냄새가 열어 둔 창 틈을 비집고 침입한 습한 바람에 실려와 너와 내가 한 방향으로 누워 있던 방 안으로 북유럽 오로라처럼 쏟아지고 있던 날, 너의 목에 팔을 두르고 너라는 존재의 무게와 애정을 황홀하게 견디며 실눈을 뜨고 바라본 너의 몸이 눈부시게 반짝이고 있었음을 기어코 기억해 낸다.

기억과 기록은 태생부터가 달라 기록에는 마음이 개입할 여지가 없지만 기억은 감정이 개입된 주관의 영역이 된다. 기억의 형태가 주관적임에도 불구하고 기억의 재생 타이밍은 스스로 조절하기 쉽지 않아 기억은 제멋대로 문을 벌컥벌컥 열고 튀어 나와 랜덤으로 플레이 된다.

사실 그는 내게 단 한 번도 자신의 목소리로 이별을 거론

한 적이 없다. 다만 깨닫게 되었을 뿐, 그와 내가 이별하고 있는 중이란 것을. 이별의 인지가 초래한 아픔은 직설적이고, 이별이 내게 떠넘긴 억울함과 공포는 헤어짐의 이유가 불분명할수록 할증된다. 그러나 나는 이 이별에 가장 무능력하다. 이별은 지난 시간 차곡차곡 쌓아 온 우리에 관한 기록을 어느덧 흐릿하게 하여 나로 하여금 속편격 이별을 강제 체험하게 하고, 그때 이별 체험실의 공기는 숨이 막힐 만큼 진득하다. 그도 나(와)의 기억을 잃어 가고 있거나, 벌써 잃었거나, 혹은 언젠가 잃게 될 테지. 기억을 잃는다는 건 마침내 우리가 '우리'를 잃고 너와 나로 돌아간다는 의미이며 이별이 연애의 프로세스에 입각한 순차적 현상이라면 이별의 완성은 우리를 잃었다고 인정한 순간 이루어진다.

지난 추억의 재생은 당시의 시각적 형태나 후각, 때로 통각마저 소환하지만 추억을 아무리 관음해 보았자 과거 시제는 지금의 내 삶에 그다지 영향을 끼치진 않는다. 사실상 삶의 고단함을 덜어 주는 건 과거 시제의 '그'가 아닌 현재 시제의 '너'의 위로였다. 비록 너에 들어가는 이름은 매번 바뀔지라도. 생각할수록 그건, 어쩌다 쓸쓸하나 대체적으로 다행한 일인 것만 같다.

16

너만이 없는 나만의 거리

대학 졸업 후 어학연수차 갔던 일본에서 5년을 살았다. 처음엔 그렇게 오래 체류하게 될 줄 전혀 예상하지 못했다가 한국에 돌아와 보니 무려 그만큼의 시간이 흘러 있었다. 일본에서 살게 된 지 일 년쯤 된, 아직은 그곳을 제대로 알지 못했던 그 시절, 한 달에 두세 번씩 도쿄행 특급 열차에 올랐다. 당시 사귀고 있던 친구가 회사 일로 당분간 먼 곳에 전근을 가게 되었기 때문이다. 도쿄는 그와 나 사이의 중간쯤에 위치한 도시였고, 신주쿠 역에서 만난 우리는 구석구석을 걷고 또 걸었다. 맑은 날의 도쿄, 흐린 날의 도쿄, 눈 내리는 날의 도쿄를.

덕분에 일본에서의 시간을 정리하고 한국으로 돌아온 후

한참이나 도쿄를. 일본이 아닌 도쿄라는 도시를 향한 향수병을 앓느라 힘들었다. 일주일에도 몇 번씩 샘소나이트 캐리어를 꺼내 옷을 쓸어 담고는 무작정 떠나 버릴까 하는 고민에 시달려야 했을 정도로. 시부야에서 오모테산도를 지나 하라주쿠로, 메이지 신궁에서 다이칸야마로 이어지는 길 위의 모든 것들을 애정했다. 도쿄의 정취는 뭐라고 할까. 세련된 첨단과 시간을 부러 멈추게 한 듯한 옛 풍광이 절묘하게 어우러져 특유의 '그리워하는' 분위기가 둥둥 떠다니고 있었다.

별빛과 불빛의 구분이 모호해지는 석양 무렵, 골목과 골목이 복잡한 유전자 지도처럼 얽힌 도쿄의 거리 안에는 내 손을 잡고 있는 그의 광경이 포함되어 있다. 그날들을 떠올리면 그의 모습은 잘 떠오르지 않지만 지금도 조금 눈이 부시다. 그러나 내가 부르던 그의 이름은, 그가 부르던 나의 이름은 음향이 소거되어 들리지 않는다. 짙푸른 석양시의 여백한 조각을 뚝 떼어 마음의 소리를 포개어 보아도 영화가 인생을 담고 있다지만 인생은 영화가 아닌 탓에 '인터스텔라'적 시퀀스가 일어날 리 없다. 하지만 괜찮다, 진심으로 괜찮다. 지금의 나는 예전만큼 걷지 않고, 그날처럼 젊지 않으며, 너만이 없는 나만의 이 거리가 그다지 쓸쓸하지는 않으므로.

17

전동성당

시간을 줄곧 덮어쓰기 해 온 것들은 만듦새가 어떠하든,
위치가 어디가 되었든, 존재 자체로 이미 기(氣)라 할까 광
(光)이라 할까, 매만질 수는 없을지라도 어떤 신비를 발견하
게 한다. 지어진 지 오래된 절이나 종갓집 기와 지붕 위로 간
혹 푸른 인광이 모락모락 드리우는 현상이 일어난다는 문장
을 어디에선가 읽은 기억이 있는데, 그 또한 비슷한 이유가
아닐지. 사람에게 영혼이 있듯 무던히 시간의 새김질을 거듭
하는 동안 어느덧 그들에게도 혼이 피어올라 그 공간 안으로
스며들었거나 역사를 목도한 사람들의 지극한 마음이 모여
무리를 지은 것일 수도 있다. 그걸 무어라 부르든 세월의 흐
름과 함께 그 가치는 점점 깊고 묵직해져, 눈이 존재의 형태

를 보는 기관이라면 마음의 눈은 형태 너머(beyond)의 것을 보아 온 덕분에 지금을 이루어 낸 것이리라.

얼마 전 아빠 기일에 전라도 고산에 위치한 가족 묘에 갔다 돌아오는 길에 전주에 들러 전동성당까지 갔다. 일몰 시에 바라보는 성당의 첨탑은 어둠과 빛의 마법으로 한층 하늘과 가까워 보였다. 오래전 오늘, 같은 시각 누군가도 이곳에서 기도하는 마음이 되었던 건 아닌지, 기묘한 기시감과 함께 언젠가 그 자리에 서 있었던 누군가와 공명하는 동안 부디 그날 누군가가 온 마음으로 드렸을 그 기도가 이루어졌기를 간절히 소망했다. 그리고 미래의 어느 날 같은 시간 같은 자리에서 누군가가 오늘의 내 기도가 이루어지길 바라 준다면 좋겠다고도.

18

오늘이란 시간이 건네준 교훈

　제법 긴 시간 동안 이혼 소송을 치르며 몸도 마음도 망가졌다. 삶에 불행의 그림자가 길고 짙게 드리워져 있어 매일이 서늘했다. 불행을 핑계 삼아 개념을 탑재하지 않고 했던 미욱한 행동들은 세찬 폭우가 되어 일체의 사정을 봐주지 않고 나를 후들겨 팼고, 군데군데 벌어진 균열을 모른 체하려 내 눈을 가렸던 날들에 대한 대가를 이제야 치르고 있구나, 라고 느끼는 때가 어김없이 다가왔다. 차라리 그때 그러지 말걸, 이런 후회는 거의 소용이 없다. 가난과 고독과 병마가 3종 세트로 배달되어 오는 논픽션 스토리는 세상에 드물지 않아서 그 세 가지 중 하나만 피할 수만 있어도 행운이라 쳐줘도 무방할 정도. 하기야 어떤 인생인들 마냥 평온하고 행복하기만 할까, 누군들 살아 있는 일이 은혜롭기만 해 매일이 감사할까. 스스로를 어떻게든 괴롭히다 끝내 무너져야만 얼마간의 휴식이라도 획득할 수 있었던 순간은 내게도 한 번만은 아니었다. 왜 그토록 스스로에게 모질게 구냐는 사람들의 염려에 실은 쉬고 싶었다는 대답을 차마 하지 못했다. 대신 속이 곯아 역한 냄새가 울컥 솟구칠 때마다 적당한 가면 하나를 뒤집어쓰고 크게 소리 내어 웃었다. 그 웃음에 담긴 자조의 분량을 사람들은 측정하지 못했을 것이다.

여간해선 TV 드라마를 잘 시청하지 않는다. 드라마가 도무지 내 흥미를 잡아끌지 못하는 이유는 내 쪽이 월등하게 연기를 잘하기 때문에. 우아한 척, 지적인 척, 밝은 척, 건강한 척하는 연기에는 이골이 나서 나를 따라올 배우가 없어 보였다. 그러나 그중 가장 서툰 건 비루한 상황을 연기하는 일이었다. 그 항목은 도저히 내게 연기일 수 없었다. 왜 살아야 하는가 끊임없이 자문해 보아도 '왜'에 들어가는 답을 알아내지 못했다. 그럼에도 삶은 내가 끝끝내 놓지 못하는 아름다움을 향한 욕망과 '덕분'의 순간이 구슬처럼 엮여 한 번씩 눈부신 빛을 발했다.

길모퉁이의 담벼락을 꽈악 붙들고 있는 담쟁이덩굴의 초록과 하마터면 지나쳤을지 모를 보도블록 사이에 피어난 작고 노란 꽃, 땅만 보고 걷는 동안엔 결코 목격이 불가능한 기적 같은 붉은 석양의 순간, 소매 틈으로 파고든 자애로운 바람 한 줄기, 그런 것들을 발견하는 날엔 사는 일이 잠시나마 순전하게 기뻤다.

그 어느 것도 놓고 싶지 않은 선택의 기로에서 결국 어느 하나를 두고 간 자리에는 교훈이 남는다. 전부를 가지진 못했으나 오늘이란 시간이 건네준 교훈을 발견하는 건 나의 몫이며, 포춘 쿠키를 꺼내기 전까진 무어라 써 있는지 알 수 없어도 그 교훈이 내게 유효한지 알게 되는 건 쿠키를 부수고 쪽지를 꺼낸 미래 시제의 나이다. 그러므로 지금은 자리에서 일어나 양치를 하고 생수를 한 컵 마신 후 겸허한 마음으로 하루를 시작하기로 한다.

19

안탈리아에 가실래요?

지난 겨울은 유달리 포근했다. 입을 일이 별로 없었던 두꺼운 코트엔 내 체취 대신 옷장에 걸어 둔 방습제 냄새만 켜켜이 쌓여 갔고, 롱패딩은 커녕 숏패딩을 몸에 걸친 날도 손에 꼽는다. 그렇게 봄을 성급히 가져다 두던 겨울은 중2병 걸린 사춘기 청소년처럼 변덕을 부리더니 3월이 한참 지난 어느 날 한파를 거리에서 사귄 불량 친구라도 된 듯 데리고 왔다. 사람 마음은 참으로 간사하기 짝이 없어, 겨울 동안 제대로 차가운 바람이 불지 않은 탓에 하늘에 잔뜩 드리운 두터운 미세 먼지층을 올려다보는 시선에 시선에 철 모르는 겨울을 향한 원망을 담았음에도 불구하고 이미 봄, 이라 방심하고 있던 내 뒤통수를 사정 없이 후려치는 꽃샘 추위에 그만 봄이 간절해지고 말았다.

　몇 해 전, 운 좋게 터키의 안탈리아라는 도시에 일주일 정도 머무른 적이 있다. 안탈리아는 지중해 연안에 위치한 섬으로 그리스와 가깝고 날씨는 연중 봄을 갓 지난 초여름처럼 따스한데다가 합리적인 물가 덕분에 유럽 축구단의 전지 훈련 장소로 자주 선정되는 휴양지이기도 하다. 인천 공항에서 이스탄불 공항까지 날아가 다시 그곳에서 국내선으로 환승 후 도착한 안탈리아는 바람에 실려 온 오렌지 꽃 향기가 목까지 채운 셔츠의 단추를 푸르게 하는, 시간조차 아주 느릿하게 흐르는 곳이었다.

　숙소는 바다를 끼고 지어진 올 익스클루시브 리조트로 머무는 동안 매일 바다 위로 떠오르는 해와 달을 번갈아 가며 볼 수 있었다. 숙소가 위치한 곳에서 한 시간 정도 차를 달리면 옛 정취가 고스란히 남아 있는 구시가지가 나오는데, 마치 우리나라의 한옥 마을이나 인사동처럼 세월의 무게를 담고서도 남아 있는 옛 건물을 작은 호텔, 기념품이나 향신료를 파는 가게, 카페나 펍으로 개조해 관광객의 발길을 분주히 그곳으로 향하게 했다. 구불구불한 골목을 지나 구시가지 언덕 위로 오르면 말 그대로 끝없이 펼쳐진 터콰이즈 블루빛 지중해가 구시가지의 특징이기도 한 주황색 지붕과 근사한 조화를 이루어 도돌이표를 달고 있는 악보처럼 바라보는 사람들에게서 계속 감탄사를 반복하게 했다.

구시가지 공원 주변에는 독특한 향기를 진하게 뿜어 대는 하얀 꽃을 잔뜩 달고 있는 오렌지 나무가 주르륵 서서 손을 흔들었고, 쫀득한 젤라또를 파는 노점상 청년이 하얀 치아를 드러내며 순한 웃음을 보내 왔다. 목이 마르면 싱그러운 터키 오렌지와 석류를 바로 착즙해 만들어 주는 주스를 꿀꺽꿀꺽 마셨고, 오션 뷰가 펼쳐진 노천 카페에선 식욕을 돋구는 음식 냄새와 식기가 부딪치는 소리가 사람들의 웃음과 섞여 명랑한 음색을 띄고 있었다.

헤이, 뭐가 그리 분주한가요? 이곳의 시간은 천천히 흐르니 여기 들러 맥주나 한잔 하지그래요?

구시가지의 정경엔 그런 메시지가 나부끼고 있는 것만 같았다. 섬 곳곳엔 터키답게 고양이들이 마치 그곳의 주인이라도 된 듯 하트 모양 코에 기다란 꼬리를 도도하게 세우고 사람들의 다리 사이나 낮은 담장 위를 정답게 지나다니는 모습을 보고 있노라니, 나도 방문객이 아닌 그 안에 속한 존재였음 좋겠다는 생각이 들었다. 부드러운 바람에 실려 온 이국의 오렌지 꽃 향기, 눈부신 지중해의 윤슬, 천국이 있다면 그런 모습이 아닐까.

　그건 나의 첫 유럽 여행이었고, 모든 시간이 아름다웠다. 분명 시계가 게으르게 가는 곳이라 생각했는데 어느덧 예정된 일정이 끝나 귀국하는 날이 다가왔다. 귀국 비행기 안에서 꼭 안탈리아에 다시 가겠다며 굳은 결심을 담은 내 마음을 그곳에 심어 두고 왔지만 글쎄, 언제쯤이나 갈 수 있게 될는지. 하지만 언젠가 다시 그곳에 갈 기회를 얻게 된다면 커다란 오렌지 나무 아래에 등을 기대고 앉아 가만히 두 눈을 감고서 지중해의 햇빛을 흠뻑 쪼이겠다. 내 몸에서 뿌리와 가지가 돋아 그대로 오렌지 나무의 일부분이 되어도 좋으리라. 그렇게 내가 가진 무언가로 그곳에 오게 된 누군가의 눈과 귀와 코를 행복하게 해 줄 수 있다면 그보다 멋진 일은 없을 것만 같다.

20

어느 멋진 우울한 날

계절과 무관하게 해의 윤곽이 희미하게 걸린 아침은 우울하다. 우울은 체온이 싸늘하고 성정이 매우 고약해 '우울해'라는 말은 어쩌다 가끔씩만 내뱉어도 편도선염에 시달리는 식도처럼 까끌한 기분이 되고 만다. 오래된 사찰에 쌓인 돌탑처럼 차곡차곡 무음의 우울을 쌓아 올리다 맨 꼭대기의 가장 작은 우울이 도르륵 굴러떨어지자 탑이 와르르 무너져 우울이 더 이상 허구가 아닌 실존적 사건이 된 셈이다. 스마트폰의 카카오톡 대화 목록을 오른쪽 엄지로 스크롤 하다 J와의 대화방에서 손가락이 주춤거린다. 그러고 보니 서로의 근황을 물은 지도 오래다. 그녀에게 무어라 인사를 건넬까 잠시 고민하던 중 마치 그런 나를 몰래 숨어 보고 있기라도 했는지 J로부터 메시지가 도착했다는 알림이 뜬다. 이런 소소한 기적이 담고 있는 반가움은 도저히 측정이 불가능하다.

안부를 주고 받으며 조만간 만나자는 약속을 습관처럼 하면서도 '조만간'의 구체적 일시와 장소에 대해 집요하게 추궁하지 않는 다정한 배려를 서로에게 할애한다. 좀체 만나기 힘든 팍팍한 일상 속에서도 언제든 만날 수 있어, 라고 믿는다는 것은 얼마나 고마운 일인가. 대화 말미에 사랑은 사랑을 끌어당긴다는 독서의 한 줄을 전하는 J는 끝내 나로 하여금 착한 사람이 되고 싶다는 결심을 하게 만든다. 살면서 다가오는 사람들이 내게 모두 선한 사람들은 아니었듯이 나라는 사람 또한 타인에게 자주 탁하고 얕은 행동을 해 부끄러운데, '너는 좋은 사람이야' 그 말 한마디가 위로처럼 반성처럼 또 예언처럼 나를 보듬어 준다.

'내가 과연 좋은 사람인가?'를 고민하기 전에 우리가 해야 할 일은 '좋은 사람이 되려는 마음을 기억하고 있는가?'는 아닐까. 누군가가 떠오른 우울한 아침 '누군가'의 자리에 내 이름을 담아 준 그녀와의 따스한 대화 덕분에 허구에서 전환된 실존적 우울의 대부분이 부서지고 흩어졌다. 오늘 하루만큼 더 살아도 된다는 허락 같아서 코가 시큰했다. 나를 허물어뜨리는 것도, 나를 일으켜 세우는 것도 여전히 사람이라는 사실이 슬프고 기뻤다. 그래, 좋은 사람이 되겠다는 마음을 잊지 말아야지. 사람 하는 일은 사랑하는 일이라고 나 스스로에게 되뇌던 말을 하마터면 팽개칠 뻔한, 어느 멋진 우울한 날이었다.

21

당신 인생의 이야기

A＝B

B＝C

그러므로, A＝C

보통의 사람들이 사고하는 방식은 이렇게 '순차적'이다. 그러나 소위 '천재'라 불리는 사람들은 직관적으로(혹은 어떤 목적 달성에 집중하다 보니) A＝C라는 사실을 단박에 알아챈다(고 한다). A＝C라고 처음부터 주장하면 사람들로부터 반박을 당한다. 당치도 않다며 돌은 사람 취급을 받기도 한다. 그러나 결국 역사는 그의 말이 옳았음을 증명해 마침내 '천재'라는 타이틀을 붙여 주게 된다. 천재란 어쩌면 이미 알고 있는 사실을 예언하는 자일까? 마치 테드 창의 SF 소설 〈당신 인생의 이야기〉 속 외계 존재 '헵타포드'처럼.

미래에 펼쳐질 이야기를 지금 내가 알게 된다면 우리는 그 미래를 바꾸려 할까, 아니면 그대로 두고자 할까? 도무지 결론이 나지 않는 철학적 질문을 앞에 두고 '절대 변경 불가'라는 고도로 정밀한 전제 하에 '내 사망 시점까지 미리 볼 수 있다고 한다면 과연 내 미래를 알고 싶을까?'라는 새로이 파생된 고민까지 더해져 머리가 아파 오기 시작했다. 고작 한 시간 뒤 내 삶이 종료하리란 걸 알게 된다 해도 미래는 알고 싶은 무엇이 맞을까? 예측 불가한 미지의 영역이기에 미래란 내 자유 의지와 노력이 개입될 여지가 있다고 믿는 것을 희망이라 부르게 된 건 아닐까.

학창 시절 읽은 신일숙 작가의 만화 〈아르미안의 네 딸들〉 속, 미래는 예측 불허이기 때문에 그 의미를 갖는다, 는 문장을 기억한다. 삶의 예측 불가적 성질 덕분에 우린 살면서 사랑에도 빠지고 함정에도 빠지고 행복에도 빠졌다 슬픔에도 빠져 허우적댄다 할지라도 맨 밑바닥에서 탁, 발차기를 해 일상의 수면 위로 고개를 내밀어 숨 고르기를 하며 살아갈 수 있게 된 건지도 모른다.

얼마 전 SNS에서 만난 유부남과 그만 사랑에 빠진 한 온

라인 친구의 하소연을 듣게 되었다. 사실 이런 이야기는 나와 무관한 공간에서 드물게 일어나는 일만은 아니다. 반 발자국만 더 가도 선을 넘어 버리고 마는 상황은 생각보다 빈번하다. 그 두 사람이 어떤 방식으로 가까워져 사랑에 빠진 건지 당사자가 아닌 나야 알 길이 없다. 다만 관계의 마무리가 매끈하지 않아 보였다. 하긴 유부남이나 유부녀라는 처지를 잊을 정도로 빠진 연애 관계가 곱게 매듭 지어지는 경우는 거의 본 적이 없지만. 남자는 결국 유부남 주제에 싱글녀를 유혹한 파렴치한이 되었고, 여자는 남자가 유부남임을 뻔히 알면서도 질척대는 속없는 사람이 되었다. 보통 이런 일이 상대편 배우자에게 알려지면 곧바로 이혼을 단행할 것 같지만 결혼 생활이란 그리 단순한 문제가 아니다. 설령 이혼을 한다 해도 그 둘이 맺어져 행복하게 살았습니다, 같은 동화적 결말은 백악기 시대의 화석만큼 희귀하다.

유부남이니까 무조건 나쁜 놈이라든지, 배우자가 있는 남자를 만나는 여자는 대개가 꽃뱀이라든지, 미디어에선 너무 쉽게 그런 프레임을 씌워 가십거리로 소비한다. 물론 유부남 유부녀인 줄 알면서도 멈출 타이밍을 간과해 당사자만이 아닌 가족에게까지 고통을 주는 건 명백히 나쁜 짓이다. 여자가 이미 남자가 유부남임을 알고 만났다 해서 남자에게 면

죄부가 주어지지 않으며, 또 남자가 유부남임을 알면서도 감정을 어쩌지 못해 스스로를 죄다 내맡긴 여자는 무조건 비난받아야 마땅한 존재라 단정지을 수도 없다.

피할 수 있는 위험한 다리라면 돌아가는 것이 낫겠지만 그런 말은 이미 상황이 벌어진 후엔 무쓸모한 말이며 서로 넘지 말아야 할 선을 넘은 사람들이 욕망과 평화를 모두 거머쥐려는 자체가 욕심이겠다. 심지어 나의 만족을 위해 타인의 평화를 해치는 행위는 악(惡)의 영역에 속한다. 내연의 상대에게 말로만 하는, '미래'라는 단어가 포함된 덧없는 약속이나 유부남(녀)란 걸 알았음에도 상대를 내 것으로 하기 위해 '사랑'을 구실로 삼는 파괴적 행동 같은 것들이 그러하다. 사랑이 욕망의 프리 패스가 되어선 안 된다고 생각한다. 아니, 정말 사랑이라면 지난 인연에 대한 예의도 동일하게 차려야 하지 않나. 불륜이라 더러운 것이 아니라, 사랑이라는 이름으로 서로를 비겁하게 관계의 밧줄로 구속하는 짓이 될 때야말로 지탄받을 일이다. 처음부터 축복을 받을 수 있는 만남을 시작할 수만 있다면 좋겠지만 미래는 '예측 불허'이기 때문에 좋은 쪽으로든 나쁜 쪽으로든 의미를 갖는 것이므로 내게 닥친 관계의 의미에 대해 최선을 다해 고민하고 책임질 줄 알아야 한다.

22

당신과 헤어지는 일

다행까지는 바라지 않는다
그만한 용기는 없다
허기는 아무래도 쓸쓸한 힘,
뭘 바라지 못하는 순간이 좋다

밥보다도 더 자주 먹는 이
겁에 의해,
오늘도 무사하지 않았느냐고

이영광 '겁' 중에서

* 〈끝없는 사람〉, 이영광, 문학과지성사, 2018

2018년 9월의 마지막 날 희귀성 호흡기 질환으로 돌아가신 아빠를 보내 드리고 돌아오는 길에 이영광의 시 '겹'을 떠올렸다. 다시 오지 않을 것처럼 사랑하던 사람과 이별했을 때, 사기를 당해 안 그래도 가난한 내가 한층 가난해졌을 때, 공황으로 인해 거리에서 정신을 잃고 쓰러져 응급실의 좁다란 침대에서 눈을 떴을 때에도 꼬박꼬박 배는 고파 왔다. 허기란 그렇게 모지락스럽고 우습고 서글픈 감각이었다. 끝이 잘 보이지 않는 좁은 지름을 가진 어두컴컴한 우물 속에 돌멩이를 던져 보았자 너무 깊어 돌이 바닥에 닿는 음향조차 들려오지 않는 그런. 배가 고프면 우울했고, 우울할 땐 배가 고팠다. 허기진 우울은 우물을 닮아 있었다.

죽음보다 못한 삶이란 게 과연 존재할까? 죽지 못해 산다는 말은 모두 진심일까? 한때는 나도 스스로를 헤치면서까지 삶이란 그저 죽음이라는 역을 향해 달려가는 기차일 뿐이니 중도에 하차해도 별 상관없다 여긴 적이 분명 있다. 사는 일이 그만치 버겁고 어마어마했다.

TV에서 쓰레기를 잔뜩 모아 두고 살아가는 사람의 이야기를 본 적이 있다. 호더 증후군이라 한다던가. 화면에 비추어진 거대한 분양의 쓰레기 더미를 보는 동안 내 심장이 자꾸만 툭, 툭 떨어졌다. 물성이 있는 쓰레기를 모았는가, 형태가 분명하지 않는 쓰레기를 모았는가의 차이일 뿐 그 사람의 이야기는 어떤 시절의 나와 너무도 닮아 있었다. 지나치게 어질러져 있는 것들은 치우는 일이 말처럼 쉽지도 단순하지도 않아 아득해지는 법이다. 일상을 의지의 힘으로 정돈하기까지는 제법 긴 훈련을 필요로 한다. 다소 억지를 부려서라도 형식적인 루틴을 만드는 과정은 중요하지만 무엇보다 조바심을 부리지 않고서 하나씩 내려놓는 연습을 해야 한다. 매일 비슷한 시각에 침대에 들어가 이불을 목까지 끌어올리고 전등을 끌 것, 아침에 일어나 꼼꼼하게 양치질을 하고 맑고 깨끗한 물을 한잔 마실 것, 창문을 열어 아침 공기를 들이마실 것, 시간을 체크하고 알맞은 시간에 버스나 전철에 오를 것, 출근길에 어느 카페에서 어떤 커피를 테이크 아웃 할 것인지 등등. 물론 아무리 규칙을 세워도 일상은 계획한 대로 흘러가지만은 않는다. 외려 평생 같은 항목만 반복되는 그런 삶이야말로 지리멸렬하다. 그러나 한결같던 일상 속에 끼어든 뜻밖의 크고 작은 사건에 대처하는 태도는 루틴의 견고함에 따라 좌우되며, 불행과 행복은 어느 각도에서 보느냐에 따라 채도와 명도가 달라진다.

중요한 물건을 분실하거나, 사고를 당해 엉망으로 울고 소리 지를 때 불행에 지불한 에너지는 만만치가 않다. 그러한 날의 허기란 내게서 빠져나간 힘을 채우려는 생의 의지다. 맛있는 것이 먹고 싶다는 욕구가 있는 한 사람은 살아지는 법이고, 맛있는 음식을 나누고 싶은 사람들이 내 곁에 존재하는 한 인생은 조금 더 살 만한 무엇이 된다. 그러므로 비극의 끝에서 감지하는 허기에 지나치게 자괴감을 가질 필요가 없다.

아빠를 보내 드리고 돌아와 보니 정말 많은 사람들이 내게 위로를 보내 주었음을 새삼 알게 되었다. 장례식에 못 가 미안하다고 커피나 먹을 것을 교환해 먹을 수 있는 쿠폰 같은 걸 잔뜩 보내 오기도 했다. 살면서 지는 빚의 항목이 늘어난 셈이다. 앞으로 더 열심히 먹고 열심히 마시며 살아가다 그때의 나만큼 불행 한복판에서 서성이는 사람들을 만나면 외면하지 않고 한 번 더 돌아보는 것으로 조금씩 갚아 나가기로 다짐한다. 네가 슬픔으로 허기진 어느 날 그냥 나랑 밥 한 끼 하자고, 다정하게 말을 붙이고 싶다.

23

나이 벗고 행복 지르기

2018년 5월에 경기도 구리시에서 서울 중랑구로 거처를 옮기게 되었다. 어찌어찌 이사를 마치고 밀린 짐 정리를 하던 중 딸아이의 초등학교 입학식 사진을 발견하곤 사진을 붙들고 한참 추억에 빠졌다. 사진 속 아이는 앞으로 다니게 될 학교 교문 앞에서 연핑크색 더플 코트에 앞니가 빠진 모습으로 사랑스러운 미소를 환하게 짓고 있었고, 갓 마흔을 넘긴 내 모습은 당연한 말이지만 지금보다 젊어 보였다. 그때부터 지금까지 바뀐 건 비단 나와 아이의 겉모습만은 아니다. 당시엔 사는 곳도 달랐고, 별거 중이긴 했어도 아직 '기혼'이었으며 내 아빠도 생존해 계셨으니까. 많은 것들이 바뀌었다, 그 후로.

매일 어제보다 나은 오늘을 꿈꾸며 확고한 행복을 소망하는 삶을 살지만 과연 '과거의 오늘보다 오늘의 오늘이 더 행복한가?'라는 질문 앞에서는 눈 내린 이른 새벽 골목길 가로등 밑에 찍힌 낯선 발자국처럼 주춤거리고 만다. 물론 행복을 판단하는 기준이 꼭 과거의 역사일 필요는 없다. 엎어질 땐 매번 아파서 가장 잔혹한 상처를 입은 것 같아도 얼마나 고통스러웠는지 지나면 잘 기억이 나지 않고, 불행의 기억이 기어코 환상통으로 소환되는 일이야 있겠지만 그것이 현재의 나를 헤칠 수 없음을 아니까. 피가 흐르지 않는 상처에 새삼 공포를 느낄 필요는 없다.

　사실 행복도 크게 다르지 않다. 벅차고 황홀했던 느낌의 상미 기간은 우리의 기대보다 짧아서 행복의 최고치 또한 역설적으로 매번 새롭게 경신이 가능해진다. 행복한 느낌의 상미 기간이 찰나 정도로 짧다 해서 행복을 꿈꾸지 않겠다는 사람은 아직까지 본 일이 없다. 그러므로 중년의 이혼녀가 꾸는 꿈에 나잇값도 못하고 무슨 스무 살스러운 감각을 소망하냐는 클레임 또한 받을 이유가 없다고 생각한다. 가능한 일이라면 사랑의 감각이 내 전두엽을 토르의 묠니르처럼 사정없이 내리꽂는 순간과 맞닥뜨리고 싶고, 내 몸을 악기처럼 연주해 주는 상대와의 근사한 섹스를 로망하며, 그저께 구입한 복권에 1등으로 당첨되는 상상을 펼친다.

　무엇이 되었든 언젠가는 옅어지고 어떻게든 지나갈 것들이다. 그러므로 오늘의 내가 공을 들여야 할 지점은 어떻게든 속의 '어떻게'에 방점을 찍는 일일지 모른다. 오늘의 오늘 어떻게 웃음을 짓게 할 작정인지, 어떻게 멋진 사진을 남길 것인지 살뜰하게 고민하며 미래의 어느 날 과거의 오늘에 담긴 나를 바라보며 흐뭇해할 수 있도록. 그렇게 오늘도 나이 따위 벗어 버리고 행복의 경신을 꿈꾼다.

24

사람인(人) 자(字)를 써 내려가는 일

장마철도 아닌데 얼마 전 밤새 비가 내렸다. 아침에 일어나 창밖 풍경을 보니 비를 머금어 한층 무성해진 연두와 초록 나무의 습한 기운이 훅 안구를 덮쳤다. 비가 많이 오면 많이 오는 대로, 해가 쨍하면 쨍한 대로, 인간은 계절과 날씨의 변화에 호들갑을 떨며 소란한데 나무들은 참 의연하구나, 그런 익스큐즈가 없는 나무의 품격이 부러워진 아침.

인간은 그다지 선한 존재는 아니라고 생각한다. 심지어 심약하기까지 해서 늘 핑곗거리를 찾는다. 닥친 현실에 힘겨운 사람들에게 이런 문장은 상처에 뿌려 대는 소금처럼 불친절한 말일지 모르지만 사람의 방어 기제는 자주 마음에 빗장을 걸게 해 스스로를 의연하게 다독이는 일이 쉽지 않음을 깨닫고는 한다. 시련 앞에서는 누구나 분 단위로 멘탈을 알콜에 담그며 꽐라가 되거나, 알맞은 상대를 찾아 몸의 위로를 갈구하다 이불킥을 할 수도 있고, 커다란 팝콘 통을 구원처럼 껴안고 깜깜한 영화관에 앉아 밑도 끝도 없는 코메디 영화를 관람하기도 한다.

무엇이 되었든 그것들이 일종의 '도피'라는 사실은 변하지 않는다. 순간일지언정 달콤한 위무가 건네주는 힘을 무시하기 힘든 것도 사실이다. 다만 언제까지고 토끼굴에 빠진 앨리스처럼 도피라는 고리 안에 갇혀 헤맬 수만은 없는 노릇 아니겠나. 아무리 도망쳐도 결국 마주치게 될 현실이 소환되는 속도는 도피 기간이 길면 길수록 충격과 피로도가 그에 비례해 격해지기 마련이니까.

신기한 건 무릇 인간이란 의연한 나무 같은 존재가 되고 싶다 결심하기보다는 의연한 나무 같은 누군가를 만나 그 단단한 나무 등걸에 내 등을 기대고 굵직한 뿌리 더미가 만들어 낸 움푹 안락한 공간에 앉아 초록의 그늘이 주는 쾌적한 서늘함을 느끼게 되길 바란다는 사실이다. 결국 사람은 선하건 악하건 혼자 살아갈 수 없게 만들어진 존재인 것이다. 사람을 한자로 표기하면 '人'이니 글자의 모양새만 보아도 우리는 애당초 무언가(누군가)에 기대지 않고선 살아가기 어려

운 존재이며, 살면서 다른 사람과 온기를 나누는 일은 사람
인(人) 자(字)를 써 내려가는 일과 같다.

25

마음이 마음에게

    40대를 반이나 지나왔는데도 마음의 정체가 뭔지 모르겠다. 참 요사스러운 녀석이라 누군가를 향한 간절한 마음이 놀라운 기적을 일으키기도 하고, 좋아하는 마음이 지나치면 아무 일 아닌 것으로도 쉽게 상처 받아 마음에 길게 그어진 크레바스가 점점 벌어지기도 해 '마'와 '음'이라는 두 음절로는 정작 마음이 일으키는 현상의 다양한 의미를 담기 부족해 보이기도 한다.

    마음의 파장이 흡사한 누군가를 만나 공명하는 일은 또 얼마나 어려운가. 우리는 자주 '너를 이해해', '그 마음 알아'라고 말하지만 그런 일들(이해와 공감)은 사실상 쉽게 이루어지는 일은 아님을. 누군가를 향한 호감만으로 공감의 자격이나 능력이 발생할 리 없고, 내가 네게 건넨 정성이나 호의를 치밀하게 계산해 단리 혹은 복리 몇 %로 이자를 붙여 빚을 변제하라 따질 수 없다.

사실 물리적으로 갚을 수 있는 빚의 항목이 삶에선 외려 깔끔하다. 그토록 마음으로 진 빚의 무게를 덜어 내는 일이 단순하지 않다는 뜻이다. 이자는 고사하고 원금도 가늠하기 어렵다. 곁의 사람들에게 마음껏 무언가를 나눌 수 있을 정도로 느긋한 삶을 살지 못하고 있는 나라서 주는 기쁨이 얼만큼 따스하고 벅찬 것임을 알고 있음에도 내가 나누어 주는 것보다 나누어 받는 것들의 리스트가 더 길어져 갈 때마다 순하게 행복하면서도 한편 마음도 가난해진다.

그런 삶이다 보니 열기구처럼 커다랗고 둥실거리던 나의 물욕은 바람이 죄다 빠져나간 파티 풍선처럼 쪼그라들었다. 물욕에 진 내가 무언가를 들이고 그에 대한 값을 치르게 되면 매달 통장 잔고를 보며 한숨이나 푹푹 쉬는 주제에 아직도 정신 못 차렸냐 소리를 들을 것 같기도 하고, 또 실제로 그런 것들을 이성이 아닌 감성의 반응에 충실해 마구 들인다 한들 실제 내가 느낀 만족감은 크지 않았다. 내 처지를 자각하게 하는 순간과 마주할 때면 욕심껏 들이지 못하는 것들을 향한 간절함이 푹 익은 수밀도의 향기만큼 짙어진다. 마치 VR 게임을 하듯 소셜 마켓의 장바구니 가득 달콤한 욕구들을 채우고 신용 카드 할부 개월 수를 최대한 늘려 입력하다 마지막에 이르러 결제 취소 버튼으로 장바구니를 가뿐하게 비워 버린다. 욕심 창고를 해체하는 훈련이라고 할까?

고백하자면 소망이 하나 생겼다. 마음이 마음에게 하는 일을 끝내 기적이라 불러도 된다면 언젠가는 염려를 내려놓고 주문 후 결제 완료 버튼까지 눌러(일시불로!) 애정하는 사람들에게 진 마음의 빚을 형태와 빛깔과 촉감이 있는 것으로 발송하는 명랑한 소란을 일으켜 보고 싶다. 2020년 봄, 전 세계를 강타한 전염성 바이러스 코로나19가 일으킨 마스크 대란 속에서 운 좋게도 세탁 후 재사용이 가능하도록 천으로 만들어진 마스크를 저렴하게 주문 가능한 곳을 소개 받아 넉넉하게 구매했다. 마스크가 배송되면 만나는 사람들마다 한 장씩 나누어 줄 작정이다. 마음이 일으키는 기적에는 횟수 제한이 없고 기적을 일으켰다 해서 비용을 지불하라 할 리 없으니 아끼지 말고 팍팍 쓸 작정이다.

26

몇 점 받았어요?

연구를 병행하는 전문적인 영역이 아닌 이상 지식은 얕아도 넓은 쪽이 관계를 친밀하게 하는 데 더 유용하다. 〈지적 대화를 위한 넓고 얕은 지식〉이라는 책이 있는 것만 봐도. 내 습관인지 강박인지는 몰라도 독서가 취미를 넘어 일상이 된 이후로는 '아는 것이 참 많으시네요'라는 소리를 심심찮게 듣는다. 대부분은 나를 칭찬하는 의도라는 걸 모르지 않는다. 누군가는 다양한 화제에 부응하는 내 다채로운 지식이 부러울 수도 있고, 일종의 동경이 반영된 시각일 수도 있다. 하지만 나이 먹어 듣는 아는 것이(만) 많다는 소리는 어쩐지 '서지은은 참 속물적이고 수다스러워'라고 들려서 매번 순순하게 기뻐하기에는 부끄러워진다. 어쩌면 내 얕은 지식의 허술한 본색이 드러날까 두려운 내 자격지심에서 기인한 것인지도 모른다.

돌아보면 어린 시절부터 100점이라는 점수에 지나치게 집착했다. 그 시절엔 누구나 흔히 그랬듯 나 또한 부모님을 기쁘게 해 드리고 싶었고, 학교에 입학한 해의 첫 시험에서 전과목 100점을 맞아 본 후로는 우등생이란 타이틀이 내게 주는 벅찬 달콤함을 포기하고 싶지 않았다. 이제 와 고백하자면 지능이 월등하게 뛰어나지도 않고 공부 머리도 대단치 않은 내가 1등을 고수하려 애쓰며 두려움에 떨던 시간들이 결코 행복하지만은 않았다. 무엇보다 1등을 그토록 갈망했음에도 그것에만 목매는 악바리로도 보이고 싶지 않은 마음에 학교에선 부러 공부를 열심으로 하지 않았다. 책 읽기에 집착했던 건 강박이 주는 두려움을 잊고 싶은 마음도 있었지만 악바리로 보이는 것이 싫었던 내 허세의 반영이기도 하다.

"서지은은 늘 말쑥한 차림으로 매일 일찍 등교해 교실을 정돈하고 세계문학전집을 1권부터 마지막 권까지 죄다 읽은 데다가 죽기 살기로 공부하는 것 같지도 않은데 시험만 보면 100점을 맞는다지. 게다가 피아노도 잘 쳐서 광주에서 열린 대회에서 트로피도 받아 오고, 주일마다 교회에서 반주도 한대. 그래서 선생님들은 지은이만 예뻐해."

시골에서 살 때에는 100점을 도맡아 하는 착한 모범생 코스프레가 그다지 어렵지 않았다. 작은 도시였고 조금만 머리를 굴리면 천재적인 지능이나 천부적 재능이 없어도 가능했다. 지금보단 단순하고 수월한 시절이었으니까. 그러다 중학교 3학년 때 서울로 이사를 하게 되었고, 처음엔 서울에서도 한동안은 100점까진 아니어도 '시골' 출신 주제에 전교에서 상위권에 속하는 성적을 내거나 당시 서울 애들은 다들 다닌다는 미술 학원에 가 본 적도 없는 내가 고궁에서 열린 사생 대회에서 입상을 하기도 해 살짝 주목을 받기도 했다. 하지만 당연하게도 그런 얕은 수로는 100점은커녕 과락을 면하기도 어렵다는 걸 매번 실감하는 시간이 이어졌다. 아, 나라는 인간은 머리만 나쁜 줄 알았더니 공부도 참 싫어하는구나. 80점이라도 맞는 날엔 눈물 나게 반가울 정도였다. 어찌어찌 서울 소재 대학의 지리학과에 입학을 했으나 전공에 대한 열망은 조금도 없었다. 그저 수능 점수에 맞춰 재수하지 않아도 될 만한 곳을 고른 것뿐. 100점의 몰락이 나를 100점으로부터의 강박에서도 벗어나게 해 주었다면 이야기가 참 훈훈할 건데 대학생이 된 스무 살의 나는 열등감과 자괴감을 밀도 있게 쑤셔 넣은 인간형으로 바뀌어 있었다.

못생긴, 가난한, 지적 능력이 희박한, 뚱뚱한… 지구를 세

바퀴 정도는 너끈하게 감고도 남을 정도로 내 열등감의 항목은 늘어 갔다. 나아가 '이래서야 백마 탄 부자 남자를 만나 결혼해 팔자 고치긴 글렀구나!'라는 생각을 하기까지 이르렀다. 아무것도 아닌 주제에 대차게 허황된 꿈이나 꾸는 속물에 다름 아니었다. 미친 듯이 책을 읽고, 각종 음악 장르를 파고, 미술 전시회나 영화 등 공연 관람에 집착했던 것도 그런 열등감을 가려 보려는 처절한 시도들이었다. 가난해 보이기 싫어서 수면 시간을 줄여 가며 아르바이트를 했으니 겉보기로는 여유 있고 세련된 여대생이었을 것이다. 대학 졸업 후엔 IMF로 인한 취업난을 피해 일본 이모 댁으로 도피성 유학을 떠났다. 아무리 부모에게 손을 벌린 여유 있는 유학은 아니었어도 나의 외국행엔 목표 같은 것이 없었다. 그저 열등감을 어떻게 해서든 떨쳐 버리려는 방법의 하나였다. 내 지식이나 삶을 대하는 태도에는 진심과 간절함의 온도가 부족한 탓에 매번 자리를 잡지 못해 방황했고, 실상 내겐 이루고 싶은 것이 그다지 없었다.

그럭저럭 80점짜리 인생이라도 살아 보려 백조의 발짓처럼 버둥거렸지만 백조도, 오리도 아니었다. 애매한 세월이 쌓여 나이는 먹어 가는데 자주 실수를 하고 벽에 부딪쳤다. '그래도'라는 단어를 끌어와 무언가 역량 이상의 것들을 해

내며 살아온 것 같은데 정신 들어 보니 매월 말일이면 텅 빈 통장을 붙들고 주먹으로 울음을 삼키는 대단찮은 이혼녀가 되어 있었다. 그런 내게 위로라는 가면을 쓰고 다가온 하찮은 남자도 상당수 있었고, 그럴 때마다 비난의 화살이 그들이 아닌 내게 쏟아지기도 했다. 그러게 네 태도가 똑 부러졌으면 그런 사람들이 왜 그렇게 다가오겠니. 한때는 그런 말들에 부단히 상처를 입었으나 이젠 그마저도 적응했다. 맷집이라고 하면 되려나.

중년이 되어서도 여전히 칭찬에 목마르고 끝내 버리지 못해 거머쥐고 있는 질긴 인정 욕구에 때때로 애잔함을 느낀다. 이젠 나도 대가 없이 누군가에게 도움이 되는, 그것이 지식이 되었든 재화가 되었든 베풀 줄 아는, 그 모습이 자연스럽고도 세련된 그런 사람이고 싶다. '아는 것'이 많은 사람보다는 존재로 환영 받는 '좋은 점'이 많은 그런 사람이.

27

잊히는 일의 두려움

참 편리한 시절이다. 포털 검색 창에 지역명만 입력해도 '** 지역 맛집', '** 지역에서 가 볼 만한 곳'이 자동 완성되어 주르륵 올라온다. 우린 〈X 파일〉 속 멀더와 스컬리 요원처럼 그곳을 방문해 검증을 실시하고 기록물에 다양한 필터를 입혀 인스타그램이라든지 페이스북과 같은 SNS에 '인증샷'을 남기면 되는 것이다. 빅 데이터가 베리 인스타그래머블하게 춤추는 시절.

하지만 기껏 시간을 내어 방문한 맛집에서 기대한 만큼 '미미(美味)'를 경험하지 못해 결국 사진의 마술일 뿐이었다는 현실에 툴툴대며 가게를 나오게 될 수도 있고, 줄 서는 맛집의 높은 콧대에 불친절을 머리부터 뒤집어쓰고 나오는 경우도 있다. 가 보고 싶어 벼르다 찾아가 보니 정기 휴일과 겹쳐 허탈감만 전리품으로 받고서 아쉬운 발길을 돌리기도 한다. 하지만 그런 시간조차도 추억이 되면 유의미해지는 법이다. 맛이 기대만큼 좋지 않았으면 어떻고, 들어가 보지도 못했으면 어떤가. 지금 이 순간 내 좋은 사람들과 바로 그곳에 동시간적으로 함께했다는 사실이 대단한 거지. 그래, 뭣이 중헌디.

노포(老鋪)가 된 국숫집은 아직 그 거리가 황량하던 과거의 어느 날 후루룩 들이키던 것과는 무언가 그 맛이 변했(다느껴지)고, 여유롭지 않았던 학생 때 술값이 저렴해 500cc 생맥주 잔을 다른 술집에서보다 더 빠르게 비우던 호프집 간판은 모퉁이가 찌그러지고 색이 바래 지금은 상호마저 흐릿하다. 집으로 돌아와 '왜 이걸 사 온 거지?' 싶으면서도 그 지역에 가면 특산물 가게의 문을 기어코 밀고 들어가 당장은 쓸모없는 무언가를 사서 돌아오는 일련의 과정은 마치 중요한 의식처럼 추억을 담아 두고픈 사람들의 따사로운 바람이 일궈 낸 것이다.

우리가 진짜 찾고 싶은 건 눈앞이 캄캄해질 정도로 전율을 일으키는 미식의 실체도, 사진으로나 보던 멋진 풍광을 내 눈으로 실감나게 담는 순간 받게 될 경이로움만도 아니다.

기록을 향한 사람들의 강박은 기억의 유한함에서 비롯되며 그걸 붙들어 두고자 하는 이러한 갈망은 회화, 사진, 활자, 영상, 음향 등으로 치환되어 쾌적한 인터넷 환경을 발전시킨 힘이 되어 주었다. 잊히는 일의 두려움에서 탄생한 문명의 힘으로 우린 언제든 추억의 서랍을 마음껏 열어 볼 수 있게 되었다.

과거의 어느 시기를 박제해 둔 기록을 다시 들여다보기 두려워 끝내 삭제 버튼을 눌러 폐기해 버린 바람에 사라지고만 추억의 증거물들이 후련함보다는 아쉬움으로 남는 것도 그런 이유다. 너와의 기념일, 손의 온기와 네가 좋아하던 것들이 하나둘씩 기억에서 지워져 마침내 너의 이름을 떠올리는 일마저 기능하지 못하게 되는 그날, 너라는 존재는 내 삶에서 영구히 삭제된다. 마치 처음부터 존재하지 않았던 것처럼.

28

덜 불행하기 위한 선택

책을 선택하는 일에 딱히 기준은 없다. 굳이 찾자면, '느낌적 느낌'을 따른다고 할까. 얼마 전 읽은 도리스 레싱의 단편집 〈19호실로 가다〉를 집어 든 것도 작가에 대한 어렴풋한 기억과 제목에 끌려 충동적으로 한 일이었다. 표제 소설인 〈19호실로 가다〉 속 여주인공 수전은 누가 봐도 완벽해 보이는 '즐거운 나의 집'을 두고 종종 싸구려 여관 '19호실'로 향한다. 그녀가 그곳에 가는 이유는 무엇일까? 작가가 이야기를 전개하는 방식은 상당히 집요하고 잔인하기까지 해 뭐랄까 매우 격조 있게 세워진 차가운 건물 같았다.

내가 결혼이 하고 싶었던 이유 중엔 '내 아이(그것도 딸)'를 갖고 싶다는 바람이 큰 자리를 차지했다. 장미색 볼을 가진 딸아이가 널찍하고 밝은 거실에서 눈부시게 웃고 있는 '즐거운 나의 집'을 꿈꾸었다. 결혼에 대한 이유로는 그다지 적절하지 못했음을 인정한다. 그러므로 나의 이혼은 어쩌면 당연한 결과였다. 내 결혼 생활은 사람들이 보기엔 아주 그럴듯했으니 사람들은 내가 껴안고 있는 불행의 온도를 알아채지 못했다. 나는 가면을 아주 잘 쓰는 사람이었고 결혼은 성공적으로 보였다. 심지어 바라던 딸까지 낳았으니.

　미래가 보장된 탄탄한 직업을 가진 남편, 건강하고 예쁘게 자라는 딸, 지척에 사는 내 부모는 일하는 나를 위해 물심양면으로 육아를 도왔다. 사람들이 흔히 말하는 '다 가진 사람'으로 살 수도 있었다. 이혼을 하지 않았더라면 지금쯤 사모님이란 호칭으로 불리며 서울 요지에 위치한 말끔한 고층 아파트에 거주하는, 종종 네일숍에 예약을 넣는, 그런 풍요로운 삶을 살고 있을 가능성이 크다. 무엇이 문제였을까? 나라는 사람이 문제였을까? 그런 이유도 물론 있었을 거라 생각한다. 무엇이, 누가 문제인지 모르겠는 문제는 나를 점점 무력감의 세계로 유인했다. 불면과 공황이 나를 힘들게 해 살림에서 손을 놓았고 음주가 빈번해졌다. 집은 그야말로 혼돈의 카오스, 이제는 집에 들어가는 발걸음이 무거워지기 시작했다. 정확히는 결혼 생활이 무서웠다. 완벽하게 이끌고 갈 자신이 없었다.

당시 내 직업은 특성상 평일에 주말 휴무를 대체하는 경우가 많았는데, 평일 휴무 날이 되면 소설 '19호실로 가다' 속 수전처럼 차를 몰고 정처 없이 도시를 달리다 아무 모텔에나 들어갔다. 락스 냄새가 진동하는 버석한 시트가 씌워진, 지루하나 무해해 보이는 모텔 방 침대 위에 누워 아무것도 하지 않은 채 천정의 무늬와 전등의 모양을 내내 바라보다 돌아오고는 했다. 어둠이 내리기 시작한 귀로의 강변북로에서 가드레일 쪽으로 핸들을 꺾어 차도 나도 산산조각이 나 버리면 좋겠다고, 그 엄청난 유혹을 삼키며 운전대를 잡은 손에 간신히 힘을 주던 나날들에는 털어놓을 사람이 아무도 곁에 없었다.

19호실로 향하던 수전의 마음을 안다. 반짝이는 그녀의 금발 머리 위로 드리워진 그늘은 주변인들 눈엔 그저 빛이 만들어 낸 그늘로 보일 테지만 당사자에겐 서늘하게 달라붙어 있는 유령으로 느껴질 수도 있다. 아무리 그 서늘함으로부터 떨어져 다시 따사로운 곳으로 나를 이동시키고 싶어도 멀어지지 않는 그늘. 사람들은 모른다, 그늘의 본질을. 그늘은 그냥 그늘일 뿐이잖아요, 웃는다. 결국 소설 속 수전은 인생을 페이드 오프 했고 나는 이혼을 했다. 그 과정에서 남편을 비롯한 내 주변인들에게 상처를 입혔으며 나 역시 심하게 훼손되었다. 현명한 선택은 아니었을지 모른다. 실제로 이혼 후의 내 삶은 물리적으로 가난하고 고되기도 하고. 나로선 더 행복하기 위해서가 아니라 덜 불행하기 위한 선택이었고, 다시 그 순간이 와도 아마 같은 길을 향해 걸어가지 않을까. 어쨌든 다른 길로 들어선 나는 조금씩이나마 앞을 향해 나아가고 있다, 고 믿는다. 굳게 믿을 수밖에 없다.

29

나타샤가 낙타를 타고 오듯

봄이 끝났다니. 어느덧 날씨로 보나 날짜로 보나 여름이라 불러 줄 수밖에 없는 계절이 왔다. 마치 넘어져 다친 상처가 채 아물지 않은 딱지로 남은 느낌이다. 말끔히 아무려면 딱지가 저절로 떨어질 때까지 기다려야 하는데 자꾸 간질간질해져서 확 잡아 뜯어 버리고픈 유혹에 시달린다. 그리고 거의 매번 그 유혹에 지고 만다. 프로메테우스의 심장을 파먹는 맹금류의 기분이 되어 가슬가슬 자리잡은 딱지를 뗀다. 살과 단단히 붙어 있는 쪽의 딱지가 떨어지지 않으려 오기를 부린다. 이거 참 묘하지. 딱지가 피부에서 마침내 분리되는 그 순간 고통에 소스라치게 놀라면서도 동시에 저릿한 희열도 함께 솟구치니 말이다. 때로는 붉은 출혈을 동반하기도 하는데, 꼭 외로움에 지친 나머지 나쁘고 아픈 연애를 시작해 버린 사람 같다. 사랑의 상처가 반드시 더 격렬한 사랑으로만 가리워지는 건 아닐 텐데, 채 낫기도 전에 떼어 내 버린 딱지는 반드시 흉터를 남겨 상처에 더 예민한 부위가 된다. 새 계절의 도래는 그래서 지나간 계절보다 훨씬 뜨거워야 하는가 보다. 혹은 차가워야 하는가 보다.

그중에서도 봄이 한층 징글맞은 이유는 발소리를 삼켜 버린 고양이의 꽃잎 모양 발자국처럼 고요히 밀려오다 느닷없이 일제히 웅성웅성 소란해지는 탓이다. 봄의 유난함에 휩쓸려 나도 모르게 이리저리 허리를 들썩이다 보면 횡경막 언저리에 담이 걸려 뻐근하다. 연분홍 꽃보라가 만화 영화 속 마법 소녀같이 세상을 온통 휘감아 돌리고, 밤 라일락의 향기는 수음하는 손길의 숨죽인 신음처럼 진득하건만, 누가 누가 더 화사한가를 가르는 흐드러진 기간 한정의 축제 속에서 나만이 초라한 등장인물 1이나 2가 되어 마땅한 지문 한 줄 없는 대본을 받아 들고 서 있다 잊히듯 퇴장하게 될 것이 뻔하다. 나는 아직 새 계절에 적응할 스탠바이가 되지 않았다고, 무엇보다 이깟 봄이 뭐라고 매번.

봄이 낙타를 타고 오는 나타샤처럼 오지 않았으면 좋겠다. 봄의 한복판에선 밉살스러운 비가 좍좍 쏟아져 탐스러운 꽃

송이들이 하루빨리 땅으로 낙화해 발밑으로 스러져 가기를. 누구도 무모한 사랑 놀음에 눈부시지 말기를. 상처의 딱지가 분리되는 순간의 희열보다 살갗이 떨어져 나갈 때의 고통을 먼저 기억해 내기를. 백석의 시집을 책장 맨 위의 눈에 쉽게 뜨이지 않는 칸으로 옮겨 둔다. 봄에는 목련 꽃 그늘 아래서 시집 따위 읽는 거 아니라고.

30

사랑의 클리셰

2019년 늦여름 〈멜로가 체질〉이라는 모 방송국의 드라마가 잔잔한 돌풍을 일으켰다. '잔잔'과 '돌풍'이라니 모순적인 표현이지만 이 드라마의 화제성에는 딱 그 표현이 맞다 싶다. 닐슨코리아가 집계한 통계에 따르면 이 드라마의 평균 시청률은 1.8%였다. 종편 방송국임을 감안해도 결코 높은 시청률이라 하기 힘들다. 그런데 이 드라마를 뒤늦게 보기 시작했다는 사람들이 상당했다. 몇 번씩 다시 보는 사람들도 있었다. 내 주위 사람들만 해도 체감상 '나, 그 드라마 봤어'라고 말하는 사람이 더 많아 보인다. 나도 본방 사수가 아닌 뒤늦게 스트리밍 서비스를 통해 정주행을 한 쪽인데 여간해선 드라마를 찾아보지 않는 내가 첫 회부터 최종회까지 두 번이나 봤으니 말 다했지.

처음엔 제목만 보고 '또 고만고만한 로맨틱 코메디 정도 되나?' 그랬다. 그러나 드라마 속 인물들이 서로 주고 받는 대사는 언젠가의 내가, 언젠가의 네가 나누었던 말처럼 친밀했고 나를 동요하게 했다. 심지어 등장인물 모두가 주인공이면서 주변인이었다. 특별하지 않은 사람들(물론 실제 배우들은 모두 예쁘고 멋졌지만)이 나와서 만나 관계 맺고 이별하는 모습이 내 이야기가 되어 내가 드라마 속 인물인지 드라마 속 인물이 나인지 헷갈리고 마는, 마치 장자의 나비 꿈 같은 혼란에 빠졌다.

후에 알게 된 사실인데 이 드라마의 부제는 '지금 정도의 온도로 평생 옆에 있어'라고 한다. 너무 뜨겁지 않게 또 너무 차갑지 않게. 사실 사람들은 관계(특히 애정 관계)를 맺는 순간 화사하게 포장하고 싶어 한다. '운명', '최초'와 같은 단어들이 여전히 통용되다 못해 격하게 사랑 받는 이유도 그 때문이다. 사랑의 클리셰는 시대와 인종을 초월해 이어져 온 유산(?)으로 서로에게 어마어마한 존재이고 싶은 깊은 바람은 사랑이란 단어를 빈번하게 등장시킨다. 그렇게 뜨겁던 사랑의 온도는 왜 급격하게 높아졌다가 훅 낮아지는 걸까. 뜨거워진 다음에 식어 버리는 일은 지구에선 예외 없이 일어나는 당연한 현상인 걸까. 처음엔 상대를 갈망하는 내 감각에 집중한 나머지 네가 아니면 절대로 안 될 것만 같은 공포에 휩싸이기도 하고, 운명이란 단어를 거론하며 사랑에 흠뻑 빠진 나 자신에게 도취되어 폭주도 한다. 그러나 정작 그 무엇도 포기하지 않고 조금의 변화조차 거부하면서 사랑(욕망)을 마구 상대에게 쏟아 붓는 일은 폭력에 가깝다. 많은 드라마 속에서 한쪽의 강압적인 키스로 고백을 대신해 커플이 맺어지는 장면은 그래서 불편하다. 잔뜩 술을 마시고 자기도 모르게 하룻밤을 지낸 후 뻘쭘하게 시작되는 연애는 또 어떤가?

드라마 같은 데에 자주 등장하는 '네가 원한다면 나는 다 버릴 수 있어'라는 말도 비겁한 문장이라 생각한다. 그 말을 듣는 당사자는 어떤 답을 내놓아야 할까? 나를 위해 너의 그간의 삶을 죄다 포기할 필요는 없다고, 차라리 내가 너를 포기하겠다고 해야 하나? 그게 아니라면 모든 걸 다 버리고 나만 바라보며 살라고 해야 하나? 이것은 배려인가, 책임 전가인가. 나의 전부를 감싸 줄 것만 같고, 힘겨운 시절에 다가온 사람이 너무 애틋해 귓가에 사랑의 종소리가 빙글빙글 달팽이관을 타고 들어와도 어쩌면 그 모든 현(환)상들은 하나의 문장으로 수렴되는 것은 아닐까.

너를 소유하고 싶어.

나는 사랑회의론자는 아니다. 외려 사랑이야말로 인간의
삶에 있어 가장 지극한 가치이므로 진정한 사랑이란 말소리
가 아닌 마음 소리로 실천해야 한다고 믿을 따름이다. 바람
이 불면 나무의 가지와 잎은 흔들려도 뿌리는 여간해선 흔들
리지 않는다. 이기심이라는 뿌리도 꽤나 깊고 억세서 사람들
은 나 자신을 (실은 너보다 더) 사랑해서 나는 자주 흔들린다.
상대를 나만큼 사랑하지 않는다 해서 상대를 향한 애정이 거
짓일 리는 없지만 살갗이 오돌거리는 미사여구나 상대에게
언급하는 사랑의 횟수가 관계를 단단하게 지속시키는 힘이
되어 주진 않는다. 관계를 드라마틱한 것으로 포장해 마약
같은 말들로 세뇌(당)할 때 내 진짜 마음에 비추어 얼만큼이
나 포개어지는지 바라볼 필요가 있다. 요즘 심심찮게 들리는
'그루밍'이라는 말도 너를 사랑하는 내가 바라보는 너는 내
시선에서 벗어나면 안 된다는 뜻이자 물리적인 시선만이 아
닌 '내가 바라는 너'라는 배역을 충실히 맡으라는 말이기도
하다. 내가 너를 계속 사랑해 '줄' 테니 구속하는 일에 면죄
부를 주는 것이 과연 옳을까.

상대를 향한 내 진심의 부피는 나만이 측정 가능하다. 욕

망과 사랑을 혼동하는 일은 진심의 부피를 달아 보려 하지 않아서다. 무엇보다 욕망과 사랑은 합집합이 아닌 교집합이므로 관계에 있어 '양보'와 '희생'이 부러 꾹 눌러 진물처럼 흐르게 하는 일이 되어서는 안 된다. 그저 엉그는 것이다. 나도 모르게 터지고 스미는 것이다. 사랑에 진심이 디폴트 값이라면 욕망엔 책임이 그러하다. 책임지지 못할 거라면 누군가를 욕망할 자격이 없다. 뜨거웠다가 식어 버리는 것보다는 '늘 지금처럼'이 더 건강한 사랑이다. 드라마 〈멜로가 체질〉의 여운이 긴 이유는 지금껏 '보편적'이라고 믿어 온 클리셰들이 좀처럼 등장하지 않았기 때문이며, 덕분에 진심으로 연애가 하고 싶어졌다.

31

사람이 하는 일

손가락에 지문이 있듯 글에도 글쓴이 특유의 결 같은 것이 녹아 있고, 사람의 말투나 행동도 마찬가지다. 성장 과정에서 학습한 각종 경험과 그 사람의 타고난 성향이 결합해 다양한 모습을 만들어 간다. 그렇게 다른 '결'은 특유의 패턴이 되어 나만의 고유한 지문화가 이루어지고 이는 때때로 나 자신의 한계가 되기도 한다.

살면서 좋은 경험만을 겪게 되진 않는다. 아픈 경험은 내게 치명적인 외상을 그어 씻을 수 없는 상흔을 남기거나 유감스럽게도 피해를 받은 사람이 자신에게 상처를 가한 존재처럼 변하게도 해 어린 시절 폭력에 노출되었던 사람이 폭력적인 사람이 되는 일도 드물지 않다. 즉, 어떤 종류의 상황과 그때 받은 고통스러운 감각이 역린이 되어 그 부위가 건드려지면 상식을 깨부수는 행동을 초래하기도 하는데, 이걸 '트라우마'라 부른다.

현대인의 심리를 알아보는 방송 프로그램에 출연한 패널이 지금은 트라우마라는 단어를 지나치게 남발하는 시대라는 말을 하던데, 그건 아마도 현대인의 삶이 과거에 비해 여러모로 복잡해진 탓이라고 생각한다. 인구만 하더라도 폭발적으로 늘었으니 사람들이 지닌 고유한 패턴을 간결하게 도식화하는 건 불가능하다. 너무 다양하고 또 너무 복합적이니까. 과연 트라우마의 시대라는 말은 과언이 아닌 것도 같다. 해결하기 어려운(귀찮은) 여러 트러블과 마음의 상처를 통쳐 트라우마라는 카테고리에 집어넣는 습관이 나에게도 배고 말았으니까. 개인이 겪은 상처를 폄하하겠다는 말이 아니라 그만큼 상대가 어떤 사람인지 콕 집어 한마디로 표현하기 쉽지 않아졌다는 뜻이다. 21세기는 사람을 바라보는 데 있어 선악이라는 이분법이 통하는 시절이 아니지 않나. 많은 사람들이 여전히 드라마나 영화에서 권선징악적 결말이나 해피엔드를 선호하면서도 저런 건 판타지에 불과하다고 체념한다.

각 인물이 지닌 고유의 결 사이에 얼룩진 트라우마는 마치 손가락에 박힌 생선 가시 같다. 잔가시는 눈에 잘 띄지도 않아서 언제 비집고 튀어나올지 가늠하기 어렵다. 그 가시가 누구도 찌르지 않고 가만히 그 자리에만 있어 준다거나 저절로 뽑혀 어디론가 사라져 버린다면 좋겠지만 가시는 나를 괴롭히는 것만으로 끝나는 것이 아니라 타인을 찌르게 되는 경우도 왕왕 발생해 그 가시의 제거를 돕겠다는 사람이 찔리기도 한다. 그 상황에서 가시는 종종 편리한 핑계가 된다.

가시에 네가 찔린 건 내 의도와 무관해, 오해하지 말아 줄래.

찔린 쪽이 무던하거나 지나치게 순진하면 찔린 곳이 아픈데도 찌른 사람을 이해해 버리고 만다. 그래서 네(가시)가 나를 찌른 거구나, 너 그동안 많이 힘들었겠네, 라며. 피 흘리는 쪽은 분명 나인데 외려 찌른 사람을 감싸는 형국이 되는 것이다. 사람이 무섭다고 느껴지는 때가 언제냐 하면 누군가가 날 찌르는 일에 차츰 익숙해지는 거, 그 사람을 아끼니까 감당할 수 있다고 생각하는 거, 무엇보다 오만하게도 내가 너의 그 가시를 말끔하게 빼내 상처를 치유해 줄 수 있다고 믿어 버리는 일이다. 그걸 남녀 관계에 대입해 보면 순애보가 되지만 그게 쌍방일 땐 로맨스, 일방일 땐 삼류 막장 소설이 된다(때론 공포물).

　당연하지만 그러한 믿음을 근거로 한 시도는 대개 실패로 끝난다. 사람은 근본적으로 변하기 어렵고, 그 사람이 지닌 가시가 굵고 뚜렷하다면야 금세 알아챌 수 있을지 몰라도 문제는 투명할 정도로 작거나 그 가시의 수가 너무 많아 찔리는 쪽도 찌르는 쪽도 눈치채지 못하고 지나가 버린다는 데 있다. 실제로 처음엔 그렇게 아프지 않았을지도 모른다. 아픔을 감지하는 통각은 처한 상황과 사람의 성향에 따라 주관적으로 해석되기 마련이고 심지어 인내라는 미덕도 있으니까. 하지만 같은 부위를 자꾸 찔리면 결국 아프다고 느끼게 된다. 그런데 이상해, 내가 아프다고 하니 찌른 쪽이 컴플레인을 건다. 왜 이제 와서 아프다는 소리를 하냐고, 너 변한 거 아니냐고, 징징대지 좀 말라고, 심할 땐 네가 나를 더 아프게 찌르지 않았냐며 나야말로 널 위해 지금껏 참고 견뎌왔다며 반발한다. 물론 그 말은 거짓이 아닐 수도 있다. 나라고 해서 가시 같은 트라우마가 하나도 없을까. 서로에게 인내심이 바닥날 때 둘은 괴물이 되어 함께 진흙탕을 뒹굴며 싸움을 하다 어느 한쪽이 피투성이가 되어 비틀비틀 물러나야만이 그 전쟁이 종료되기도 한다. 이게 바로 내 손톱 밑의 가시인 트라우마를 변명 삼았던 미성숙한 인간들이 맺은 관계의 끝이 남긴 모습이다.

무엇보다 이렇게 진흙탕 속을 잔뜩 구르며 치고 받고 싸우다 보면 당사자들이야 쏟을 만큼 쏟아 낼 수 있어서 어느 정도는 속이 시원해질 수도 있겠지만 엉뚱하게 주변인들에게 그 진흙이 튀기도 한다는 것이다. 피해자와 가해자의 맥락이 엉망으로 얽히고, 있는 서사 없는 서사 다 까발려져 그 과정에서 편 가르기가 이루어지기도 하며 새로운 오해와 신박한 이야기들이 꼬리를 물고 이어진다. 그 이야기들은 또 다른 화살이 되어 사람들에게 상처를 입힌다. '자, 이제 이 전쟁의 의의와 목적이 무엇이었는가?'라는 의문이 남는다. 대체 이건 누구를 위한, 무엇을 위한 싸움이었을까.

관계는 영원할 수 없다. 사람의 관계에 마침표가 찍히는 일은 비단 죽음과 같은 엄청난 사건이 아니라도 흔하다. 그러나 관계의 마지막이 늘 전쟁이어야 한다면 우리는 과연 타인과 관계를 맺으며 살아갈 수 있을까. 인생의 곳곳에 대기하고 있는 악역은 딴 게 아니라 내 평온한 일상을 망가뜨리려는 존재들로 의도 여부와 상관없이 나 또한 누군가의 삶에 악역이 되기도 한다. 그러므로 나를 향해서건, 남을 향해서건 악당을 감지하는 센서를 키워야 한다. 곁에 선한 사람들을 두는 것, 책에서 발견하는 자기 성찰의 실마리, 또 견실한 종교도 아주 좋은 방법이 되겠다. 즉, 나 자신을 선한 쪽으로 인도해야 한다. 흔히 그 사람 곁에 누가 있는지를 보면 그 사람이 어떤 사람인지도 보인다고들 하지 않나. 주변에 아무도 없는 사람들을 보면 두 가지 부류로 나누어진다. 생존의 문제가 지나치게 버거워 먹고사니즘조차 간신히 면하며 살아가는 사람과 자신의 목적이나 목표를 달성하기 위해 타인을 쓰고 버리는 사람. 특히 사람을 쓰고 버리면서 다시는 일어나지 못하게 철저히 무너뜨리는 사람이야말로 가장 멀리해야 할 대상이다. 아니, 처음부터 엮이지 않도록 해야지. 세상에서 사람을 죽게 하는 것도 사람의 일이고, 사람을 살리는 것도 바로 사람의 일이다.

32

둥근 어깨의 힘

마이크 니콜스 감독의 영화 〈클로저〉에서 앨리스(나탈리 포트만)는 댄(주드 로)을 처음 본 순간 이렇게 말한다.

Hello, stranger.

지금껏 쓸쓸하다는 자각조차 없이 지리멸렬하게 살아왔을지 모를 신문사 부고 담당 기자 댄의 외로움이 각성된 그 순간, 그는 그녀의 한마디로 인해 자기의 삶이 방금 전까지와는 다르게 지극히 낯설어 보이는 경험을 했을 것이다. 해질녘 늘 보던 나의 거리가 문득 낯설게 다가와 긴 그림자를 드리우는 순간 맡아지는 부조리한 냄새와도 유사하다. 같지만 같지 않고, 다르지만 다르지 않은, 그런 친밀한 낯섦.

오래전, 당시 만나고 있던 남자와 해질 무렵 그의 차를 타고 어딘가로 달린 적이 있다. 아마도 저녁, 그걸 먹으러 가는 길이었던 걸로 기억한다. 어릴 적부터 석양이 점점 짙어져 가는 이질적인 감촉에 노출되는 날엔 불현듯 눈물이 터지곤 했다. 무섭기도 하고, 아름답기도 하고, 슬프기도 한 마음의 무게와 실타래 같은 복잡함을 견디지 못하는 것이다. 그런 건 어른이 되어서도 쉽게 사라지거나 옅어지지 않는 영역이었다. 조수석에 앉아 흘러넘칠 것만 같은 눈물을 꾹꾹 억누르며 나도 모르게 그를 향해 그런 말을 건넸다. 이런 시간이 주는 낯설고도 그리운 느낌이 견디기 힘들어 눈물 조절이 잘 되지 않는다고. 그러자 그는 무심하게 내게 답했다.

그건 당신이 아직 철이 덜 들었기 때문이야.

그때부터였을 것 같다. '이 사람 앞에선 절대로 울지 말아야지'라고 결심한 건. 그는 어쩌면 내 그런 반응이 불편했을 수도 있다. 그러다 찾아낸 답이, 야무지게 사고하지 못하는 마냥 철없는 사람이라는 판단이었던 것이다. 그럼에도 그와 나는 결혼을 했고, 몇 년 후엔 이혼을 했다. 뫼르소(알베르 까

뭐 소설 이방인 속 주인공) 식으로 표현하자면 우리는 '석양' 때문에 헤어진 셈이다.

이혼은 내게 불면과 공황을 비롯한 다양한 병증을 안겨 주었다. 하지만 그와 더불어 내 몸에 일어나는 일련의 낯선 증상이 아이러니 하게도 '살아 있음'을 자각하게 하는 종소리가 되어 주기도 한다는 걸 배운 시기이기도 하다. 통증을 축복이라고까지는 도저히 하기 힘들지만 아프다 신음할 때 돌아봐 주는 존재가 분명 삶에는 존재한다. 석양시의 낯선 질감으로 인한 눈물이 철없음의 증거가 되진 않는다고 말해 주는 사람이 있듯이. 결혼의 실패가 인생의 실패가 아님을 인정하게 되기까지 나는 여러 어깨의 도움을 받았다.

마음이 홀연 추워진 날 고개를 돌렸을 때 누군가의 왼쪽 어깨가 보이고, 그 둥근 어깨에 잠시라도 내 머리를 얹을 수만 있다면 얼마나 다행한 일인가. 그 사람의 셔츠 소매나 블라우스의 레이스가 내 눈물로 몽땅 젖어 가도 탓하지 않는 상대라면야. 신기하게도 그러면 오래 울 필요가 없어진다. 그러니 이제부턴 나도 괜찮으려 한다. 당장 행복이어서가 아니라 더 불행하지 않다는 이유로. 내겐 기대도 될 만한 둥근 어깨가 제법 있고, 나도 누군가에게 그런 둥근 어깨가 되어 주고 싶다.

33

~~~~~~~~

예쁘고 섹시한 맛

어느 드라마에선가 주인공이 근사한 바에 앉아 위스키 온 더락을 마시며 쓴 액체가 목을 타고 넘어갈 때 어른처럼 느껴져 좋다고 하는 장면을 본 적이 있다. 그러고 보니 언젠가부터 나도 위스키를 목으로 넘길 때 예전만큼 얼굴을 찌그러뜨리지 않게 되었다. 외려 달게 느껴지는 날도 있으니 어쩌면 독주보다 인생 쪽이 더 쓰다는 걸 아는 어른이 되어서는 아니려나. 젊은 날엔 주머니 사정도 있으니 위스키 같은 양주를 마실 기회가 좀처럼 생기지 않기 마련이지만 여전히 남아 있는 젊은 날 마신 위스키의 추억이 내게는 있다.

K는 아주 어린 시절 아버지가 업무차 유럽의 어느 나라에 주재원으로 가게 되어 성인이 되기 전까지의 시간을 외국에

서 보냈다. 고등학교를 졸업하고 한국의 대학에 진학해 회사도 한국에 있는 외국계 회사에 입사한 K와 나는 실은 술덕분에 만났다 술 때문에 헤어졌고, 그래서인지 술과 관련된 추억이 참 많다. 그와 나는 실로 다양한 술과 안주를 먹고 마시는 데이트를 했는데, 어느 날 자기 집에서 영화를 보며 위스키를 마시자고 제안해 왔다. 사실 그때까지 내 양주 경험(위스키 포함)은 미천했다. 그러니까 제대로 마셔 볼 기회가 없었다는 편이 정확하겠다. 퇴근 후 서둘러 발걸음을 옮겨 그의 집에 도착해 보니 작은 아일랜드 식탁 위에는 간단한 안줏거리와 함께 호박색 액체가 담긴 독특한 모양의 병이 우아한 자태로 서 있었다. 글라스에 따른 위스키의 이름은 '딤플', 아마도 옴팍하게 보조개처럼 파인 보틀의 모양새 때문에 그런 이름이 붙은 것 같았다. K에게 얼음을 넣어야 하는 것이 아니냐고 물었더니 그는 우선 스트레이트로 조금씩 마셔 보라고 했다. '양주는 알코올 도수가 40도도 넘는다던데 그냥 마셨다간 식도가 타 버리는 것 아닌가!'라는 걱정은 당연히 하지 않았고(나는 애주가다), K가 말한 대로 얼음 없이 그대로 조금씩 흘려 보내니 아프다고 느낄 정도로 독했지만 놀랍게도 그와 동시에 달콤한 향이 났다. 게다가 텍스쳐가 매우 농밀했다. 대체 이 술 뭐야?

지금도 기억하는 딤플 위스키의 향은 시럽에 절인 호두로, 그날 K에게도 그런 말을 했더니 그는 내 감상을 듣자마자 눈을 반짝 빛내며 잠시 기다리란 말을 남기고 문을 나섰다. 그리고 조금 후 돌아온 그의 손엔 31가지 맛으로 유명한 아이스크림통이 들려 있었다. 통 안에는 호두, 바닐라, 커피 세 가지 맛의 아이스크림이 담겨 있었는데 내가 위스키를 한 모금씩 홀짝일 때마다 K는 분홍색 스푼으로 아이스크림을 떠서 내 입에 넣어 주었다. 위스키란 참 예쁘고 섹시한 술이라고 생각했다.

K와는 그 후 오래지 않아 헤어지는 바람에, 그와 함께 딤플 위스키를 마신 건 결국 그날이 처음이자 마지막이 되긴 했지만 위스키에 대한 나의 호감만큼은 사라지지 않고 남아 지금도 종종 위스키를 마실 때면 아이스크림을 곁들인다. 그러고 보니 일본에서 들렀던 한 싱글 몰트 위스키 바에선 안주로 얼음이 깔린 접시에 레진 버터(건포도가 박혀 있는 버터)를 작은 큐브 모양으로 자른 것을 주었는데 이것도 위스키와 기막히게 어울렸다.

사람은 떠나도 추억은 머물러 어느덧 나는 독주를 사랑하는 족속이 되었다. 그날의 황홀할 정도로 달콤했던 경험이 없었다면 위스키와 사랑에 빠지지 않았거나, 혹은 아주 훗날의 일이 되지 않았을까. 그러므로 K가 이 글을 보게 될지는 모르겠지만 이 자리를 빌어 그에게 감사의 인사를 남긴다.

34

배웅하며

누군가를 배웅하고 돌아서는 밤 공기는 쓸쓸하다. 요리하는 것을 좋아해 종종 지인들을 내 집에 초대하기도 하는데, 초대란 마음 먹고 제대로 갖춘 후 하는 경우도 있지만 때론 바로 지금 꼭 그래야 해서, 그러고 싶어서, 이루어지는 날도 있다. 물론 '가구 틈새에 쌓인 먼지를 보고 흉 보면 어쩌지?' 와 같은 걱정이나 노브라에 홈웨어로 입는 보풀 가득한 낡은 면 원피스 차림의 내 모습이 창피하게 느껴지면 아무리 나의 좋은 사람이라 해도 내 집에 편하게 부를 수는 없는 노릇이다.

비록 서울 땅에 내 이름으로 된 아파트를 은행 대출 없이 보유하고 있지도 않고, 소소하든 묵직하든 매월 발생하는 임

대 소득도 없으며, 따박따박 납부하는 대출 이자가 대출 원금의 크기를 줄이는 일에 별스러운 영향조차 주지 않아 말일만 다가오면 심장아 나대지 말라고 꾸중하고픈 처지이긴 해도, 내가 머무는 공간에 누군가를 불렀으면 마음 편히 오게 하고 뭐라도 배불리 먹여 보내고 싶어서 초대를 권한 내 마음엔 분주한 설렘이 채워진다.

초대라고 해서 특별한 음식을 장만하려 거창한 식재료를 구입하지는 않는다. 그저 냉장고에 있는 것들을 꺼내어 굽고, 튀기고, 끓이거나 할 뿐. 종일 이어지는 우리의 대화에 관계의 이름이 가지는 강짜를 부리지 않고 두런두런 수다를 나누다가도 조용히 각자 사색에 잠기기도 하며, 평소엔 잘 시청하지도 않는 시답잖은 예능 프로를 힐끗거리다 같이 깔깔 박장대소를 하면서 내내 먹고 마시고 마시고 먹고. 호사스럽지 않아도 밀도 있게 즐거워 둘 사이의 거리가 지금보다 더 가까워졌다고 감지하는 순간의 온도는 따뜻하다. 그러니 내 집을 나서는 객의 뒷모습을 바라보는 일은 그만큼 쓸쓸해 배웅하는 내 맘이 한층 짠해지고 그렇더라.

마흔다섯, 나이는 어설프게 먹었는데 갈 길은 여전히 멀기만 하다. 그간 삶의 우여곡절을 이래저래 겪는 동안 누군가로 인해 아프기도 했고, 누군가에게 상처를 입힌 순간도 분명 있었을 테다. 상처와 영광으로 채워진 지난 시절에 자조를 3큰술 정도 섞고서 가만히 뚜껑을 덮는다. 나만 잘하면, 내가 더 잘하면 되는 거지 쉐킷쉐킷 되뇌는 배웅 길.

그러게 말야… 이 세상은 나만 아니면 돼, 가 아니라 나만 잘하면 돼, 이거더라고.

35

의젓하게 마주할 줄 아는 삶

생텍쥐페리의 〈어린 왕자〉에서 사막이 아름다운 건 어딘가에 우물이 존재하기 때문이라고 했다. 어쩌면 삶이 아름다운 이유도 마찬가지는 아닐까. 퐁당, 하고 빠진 우물 아래서 밤마다 변모하는 달의 모양을 관찰하는 내 모습을 상상해 보니 어쩐지 마음이 고즈넉해진다. 우물 테두리가 만들어 낸 둥그런 밤하늘이 나만의 정원이 되는 시간. 달에는 시기에 따른 이름이 따로 존재한다지. 얼음 달, 장미 달, 빨간 달, 추수 달… 우주의 혜안은 그토록 넓고 깊어 저기 먼 곳의 달과 별이 품은 의미조차 놓치지 않았음이다.

나의 배려가 무심함으로, 나의 헌신이 집착으로 타인에게 간단히 정의되어 버리면 그만 부끄러워져 어딘가를 향해(실은 그 어디도 향하지 않은 채) 하염없이 걷고 싶어진다. 그러다 갑자기 우물이 나타나 나를 쑥, 하고 데려가 준다면 좋을 텐데. 우물 바닥에 앉아 양 무릎을 두 팔로 껴안고 달이 걸리는 밤이 내려 주는 아르테미스의 지혜를 한 줌 훔쳐와 품 속에 숨기고 싶다. 그 지혜로 달 정원의 이랑을 차곡차곡 고르고 골라 다감한 그대 어루만짐이 간절해지는 순간을 꺼낼 수만 있다면.

나에게 있어 관계란 살면서 단 한 번도 일회적인 것이 없었다. 상대를 향한 나의 마음이 휘발되어 고요히 사라져 버린 적은 있을지라도, 내겐 달처럼 저마다 이름에 걸맞는 의미를 지니고 있었으니까. 하지만 종종 나를 저버린 쪽은 외려 그들이었음에도 '나'라는 사람이 모호함의 상징이 되어 있음을 알아 버린 날엔 슬펐다. 관계의 책임을 침묵으로 상대에게 떠넘기는 건 비겁하여 한때는 뜨거웠던 존재들을 향한 머뭇거리는 감정의 부표에 타오를 자격을 상실해 가는 흩어진 불씨들을 모아 자작자작 마음을 지진다. 지질 때마다 부디 잊히는 일에도, 잊는 일에도 무덤덤한 내가 되길 바라며.

살아 있는데, 내가 여기 살아 있는데, 나를 모른 체하는 누군가를 바라보는 일은 더없이 쓸쓸해. 엇갈린 각도에서는 너의 눈이 아닌 너의 옆얼굴이 먼저 담기고 단 한 번이라도 좋으니 오롯하게 내 것일 수는 없었는지 차마 묻지 못하는 마음의 곡진함을 단호하게 지질 수밖에 없다. 그날 밤의 정원에 걸린 달 이름에는 너무 멀어 가질 수 없는, 이라는 뜻이 담기겠지. 설령 그렇다 해도 어떤 누군가와 가 보지 못한 길에 대한 미련을 핑계 삼아 상대를 흔드는 건 옳지 않다. 그걸 사랑으로 포장하는 일은 위선이며 심지어 사람을 한껏 흔들어 진지한 혼란을 주고선 결정적인 순간이 다가오자 본인이 오래 쥐고 핥아 오던 사탕을 잃게 될까 두려워 뒤로 물러서는 일은 비겁하기 짝이 없다.

힘들어도 자기가 어지른 장소를 제 손으로 처리할 줄 알게 되는 일을 성장이라 한다. 자기 감정에 솔직해지는 것을 피하려고만 하면 마흔 아닌 쉰을 넘겨도 어른이라 불러 주기 곤란하다. 어른과 아이의 차이는 쥐고 있던 사탕을 손에서 놓쳤을 때 드러나게 되는데, 어른은 사탕이 없어져도 견디며 살(아가려 노력하)지만 아이는 바닥에 드러누워 손발을 마구 휘젓고 짐승처럼 운다. 하기야 그 모습마저 애처롭고 귀여워 보이면 누군가 다가와 새 사탕을 쥐여 줄지도 모르지만. 적어도 나는 몸집은 커졌으면서도 멘탈은 아이로 박제해 두는 영악한 삶을 살고 싶지 않다. 마음과 몸이 동시적으로 통하는 관계 맺음이 무엇인지 아는, 또 그게 가능한 어른으로 사는 삶, 내 감정과 의젓하게 마주할 줄 아는 삶이 내가 원하는 삶이다. 도망치지 않을 용기야말로 어른의 영역이며 누군가와 함께 걸어가야 한다면 마음 나침반의 바늘이 가리키는 좌표를 제대로 읽을 줄 아는 어른과 함께이고 싶다.

36

외로움을 우리는 시간

고독이 인간에게 애사당초 심어져 있는 감각이라면 외로움이란 사랑과 이별의 반복을 통해 후천적으로 학습된 것이다. 살면서 단 한 번도 온 마음으로 하는 사랑을 경험해 본적이 없는 사람은 외로움이 어떤 느낌인지 알 리 없다. 이 외로움이란 것은 좀 고약한 구석이 있어서 길을 걷다가 문득, 아침에 눈을 떠 불현듯, 커피를 내리려고 포트에 물을 끓이다 갑자기, 내 문을 연다. 그것도 무례하고 당돌하게. 그렇게 느닷없이 나를 깊숙이 밀고 들어온 외로움에는 속수무책이된다. 세상 혼자 된 기분에 휘말려 함정에 빠진 사람처럼 거울을 붙들고 운다. 가만 보면 외로움은 낮에 모습을 드러내는 하얀 달 같기도 하다. 불길하고 아름답고 애잔한.

종종 그리움 때문에 외로워지는 건지, 외로움 때문에 그리워하는 중인지 판게아가 쪼개지는 듯 거대한 혼란에 휩싸인다. 외로운 마음에 지진이 이는 날의 해결 방법은 한 음절이다. 너. 그러나 늘 '너'라는 존재가 내 가까이 있는 것은 아니므로 대신이라기엔 뭣하지만 외로움을 우리듯 보이차를 우리는 동안 블루투스 이어폰과 스마트폰을 연동시켜 자클린 뒤 프레가 연주하는 포레의 〈엘레지〉를 플레이 시키기로 한다. 도저한 슬픔이 밀려와 눈자위가 금세 뜨거워지면 보이차를 한 모금 호록 넘긴다. 그러면 정수리까지 데워져 온몸이 땀으로 흠뻑 젖는다.

잘 사는 것이 목표가 아니라 사는 것이 목표인 날엔 별스러운 일 같은 건 벌리지 않는 편이 낫다. 시계도 보지 말고 끼니도 염려하지 말고, 심장의 박동이나 체온의 변화에 연연해하지 말 것. 언제였었지? 홀로 떠났던 여행지의 숙소에서 맡았던 하얀 타월의 냄새와 청결한 욕실의 타일 모양, 차갑고 건조한 침대 시트의 촉감… 아무도 기다릴 리 없는 문밖의 정경을 떠올려 본다. 그 방에서의 마지막 날 빨간 가죽 스트랩의 손목시계를 풀러 베개 속에 엎어 둔 채 룸을 나섰다. 당시 시계의 비명은 듣지 못했다(고 회상한다). 시계는 수취인 불명의 분실물이 되어 프런트 데스크 아래 주인을 잃은 물건만 모아 두는 틴 케이스 안으로 새 거처를 옮겼을 것이다. 혹여 나를 원망하고 있을까. '너'를 두고 온 것보다 네가 내게 준 시계를 두고 온 것을 먼저 떠올리는 날엔 마음에 스산한 바람이 분다. 어느 쪽이 되었든 다시는 돌아오지 않을 것들에 애도를. 너도, 시계도, 그리고 너와 함께한 시간에도. 세월이 많이 흐르고 나면 사건은 사라지고 고작 음악이나 예술 정도만 남을 뿐이다. 타인의 이야기에 대개는 관심이 없듯 내 이야기, 일테면 빨간 가죽 스트랩 시계의 행방 같은 것도 관심의 대상은 아니다. 그러므로 잘 사는 일로 세간의 주목을 받지 말고 그저 고요히 살자고 결심한다. 가끔 눈이 마주치는 사람들과 가벼웁게 묵례를 나누며. 참 다행한 삶이라고 생각하며.

37

세상을 보는 각도가 달라질 때

2015년 5월 교통사고를 당해 한 달쯤 입원한 적이 있다. 무려 9중 추돌이었지만 기적적으로 당시 일곱 살이었던 딸은 찰과상만 입었고, 입원은 했으나 나 또한 아주 심각한 부상은 아니었다. 비록 지금까지 비만 내리면 사고로 다쳤던 부위가 욱신거리긴 하지만. 나이 들수록 몸이 일기 예보가 된다더니, 그건 노화의 증거라기보다는 몸에 쌓인 경험의 통계학인지도 모르겠다.

병실의 아침은 소등이 빨리 이루어지는 만큼 이르게 시작된다. 6인용 병실의 커튼이 인큐베이터처럼 사방으로 둘러진 침대에 누워 있으면 분주히 움직이는 간호사 선생님들의 발걸음과 함께 덜그럭덜그럭 아침 배식 차의 바퀴 소리가 오케스트라의 악기처럼 병실 구석구석 울려 퍼져 어제와 비슷한 새 하루가 시작되었음을 알린다. 잠에서 덜 깨어 내 몸과 싱크로율이 아직 맞춰지지 않아 흔들거리는 뇌를 잠시 고르고 침대에 붙은 간이 탁자에 아침 식사용 쟁반을 옮겨 와 밥에 바삭한 김이나 반찬을 얹어 먹는 동안, 창으로 햇살이 와르르 쏟아지는 병실의 아침은 병원이란 공간에서 드물게 활기가 느껴지는 시간이기도 하다. 이유가 무엇이 되었건, 입원을 하고 있는 시간은 도리 없이 기운 빠지고 우울해지기 마련이라 나만이 '고립'된 듯한 그곳에서 외부로부터 잊히고 싶지 않은 나의 조바심은 부지런히 점묘화를 그리듯 휴대폰 문자의 전송 버튼을 찍게 하지만 어쩐지 이미 내가 보통의 세계에서 제외된 것은 아닌지 불현듯 서늘해질 때마다 여전히 너를 기억하고 있어, 라는 의미가 담긴 사람들의 회신은 나로 하여금 부활의 기적을 떠올리게 했다.

입원을 하려 집에서 짐을 챙기다 몇 권의 책도 함께 담아 왔다. 책 꾸러미 안에는 기형도의 시집이 섞여 있었지만 어째서 기형도의 시집이어야 했는지는 잘 기억나지 않는다. '처음이자 마지막'이라는 부제를 지닌 그 시집을 챙겨 온 건 어떤 의미였을까. 다만 그의 시를 읽는 동안 시인이 기적을 믿지 않은 채 이 세계에서 사라져 버린 일이 내내 안타까웠고, 그 안타까움이 고립의 시기를 한층 쓸쓸하게 했다. 하지만 기적이란 복권 당첨과 마찬가지로 믿는 사람에게만 유효한 현상이 아니던가. 복권을 사지 않은 사람에게 당첨이란 영원토록 선사 받지 못할 행운이므로.

나를 벌리지도 않고서 누가 나를 펼쳐 볼 것인가! 미리 탄식해 버린 기형도의 시어는 그럼에도 그토록 저를 활짝 젖혀 하루의 절반 이상을 누워 있던 내게 선명하게 각인되었다. 그리고 매일 스스로를 젖혀 나를 기억해 준 사람들에게 하루 분량의 행복이 한 줌의 소실도 없이 깃들기를 간절히 기도했다. 그 후로는 기형도의 시집을 펼치는 날이면 병실의 냄새나 소리 같은 것들의 자동으로 재생되고는 한다. 살면서 뜻하지 않게 다가온 고립의 시간은 고통스러웠지만 꽤 도움이 되었다. 자발적으로 세상과 나를 잠시라도 분리시키는 일은 쉽지 않아서 내가 잠시 머물렀던 병실에서의 시간은 부상당한 내 몸을 치료하는 시간인 동시에 혼자서 마음을 정돈할 수 있었던 시간이기도 했으니까. 한 달 동안 총 여덟 권의 책을 읽었고, 퇴원 후 오래지 않아 이혼 소송이 시작되었으며, 10년 넘게 다니던 회사를 그만두었다. 사람은 고꾸라져 세상을 보는 각도가 달라질 때 새 역사가 시작되기도 한다.

38

∞∞∞∞∞∞

추억의 주인공, 추억의 시제

대학에 들어가 처음 사귄 남자친구와는 섹스까지 가지 않았다. 아니, 못 했다고 해야 하나. 당시 우린 둘 다 그쪽 경험이 없기도 했거니와 함께 손을 잡고 국기원의 도서관으로 향하는 길을 걷거나 대학가의 싸구려 술집에서 제일 싼 맥주를 병째 마시다 살며시 입을 맞추는 그런 시간에 그저 행복해했다. 공통적으로 좋아하는 작가의 신작에 관한 이야기를 하고, 그의 학교 벤치에 앉아 이어폰을 한 쪽씩 나누어 꽂고서 익스트림의 'more than words'를 들으며 나직나직 따라부르던 나날들. 지하인 데다가 당시엔 실내에서도 흡연이 가능했던 시절이라 어둡고 텁텁한 공기로 가득했던 시네마 카페에 앉아 '오겡끼데스까'로 유명한 이와이 순지 감독 영화를 소위 빽판(불법으로 들여와 자막을 입힌 것)으로 함께 감상했던 기억도 남아 있다.

그와 나는 1년이 채 못 되는 시간을 사귀다 헤어졌지만 그렇다고 연락을 완전히 끊은 것도 아니어서 마음만 먹었다면 20대를 지나, 30대에 들어서도 다시 연인 관계로 돌아가거나 더 나아가 결혼까지 갈 법한 계기가 몇 번 있었음에도 누구도 선뜻 시도하려 하지 않았다. 당연한 말이지만 사귀지도 않는 우리가 선을 넘는 일은 없었고 그 시절을 오래된 영화 식으로 표현하자면 그저 작은 사랑의 노래 같은 시간이었다. 덕분에 그는 지금까지도 내 오랜 지기로 남아 종종 육아에 관한 고충을 나누기도 하고, 내 이혼 소식에는 몹시 안타까워했으며, 자주는 아니어도 종종 옛 추억을 안주 삼아 소주잔을 기울이기도 한다. 한창 사귀던 학생 시절보다야 주머니 사정이 좋아져 술 마시러 가는 장소가 조금 더 나아졌을 뿐 만나면 스무살 적 기분이 고스란히 소환되어 세월이 이만큼 지났단 사실에 화들짝 놀라기도 하고.

옛 추억에 젖어 눈동자에 아련 필터가 씌워질 때면 문득 우리는 서로에게 어쩌면 바로 눈앞에 있지만 결코 도달할 수 없는 노스탤지어 같은 존재일지도 모르겠단 생각을 한다. 누군가의 삶에 그런 노스탤지어와 같은 존재가 있다는 건 얼핏 멋지게 느껴질 수도 있겠지만 그 섬엔 아직 묶여 있는, 그리고 영원히 그 매듭을 풀지 못할 미련이 사구로 쌓여 쓸쓸한 풍경으로 그려진다. 그와 나는 이성으로 좋아했던 순간은 있었을지라도 피지컬한 관계는 맺어 본 일이 없으니 엄밀하게 따지자면야 그런 마음이 단죄를 받아야 할 만한 일은 아닐 테지만 어쩌면 감정적 흔들림 같은 것에 더 큰 위험이 도사리고 있는 것은 아닌지 살짝 염려가 된다고 할까. 그렇다고 해서 그간의 우정마저 죄다 없는 것으로 하고 그런 노스탤지어 따위 지워 버리라 한다면 그건 그거대로 가혹한 일 같다는 생각이 드는 것도 사실이다. 어쩌면 그와 나는 최초로 우리가 '연인'이라고 불리던 그 시절에 손을 잡고 입을 맞추는 것 이상의 지점까지 가 봐야 했을까. 그에게도 나에게도 그곳은 가 본 적이 없는 영역이니 뭐라 명확한 대답은 내기 힘들지만.

현재 진행형의 연애보다 과거 완료형 그리움이 더 짙게 다가오는 까닭은 추억이 '지금'을 전복할 만한 힘을 가지고 있지 않는다 해도 그와 내가 '우리'였던 시절에 쌓아 온 서사는 쉽게 사라지지 않기 때문에. 세월이 흐른 만큼 세피아 빛 추억의 윤곽은 흐릿해져도 추억의 주인공은 현재 시제의 내가 아닌 과거 시제의 나라서 그날 내가 느꼈던 감정의 잔상까지

싹 다 바래게 하지는 못한다. 나이를 먹는다는 건 그런 추억
이라는 이름의 섬을 하나씩 늘려 가는 과정인가 보다.

39

불완전한 나를 인정하기

나약함을 약한 영역으로 구획해 그 속에 나를 가두어 버리는 건 비겁한 일이다. 2016년 늦가을, 길고 번잡스러운 이혼 소송 절차를 거쳐 법무 대리인이 공식적으로 나의 기혼 신분이 종료되었다는 내용의 메일을 보내온 날, 노트북 모니터를 한참 동안이나 멍하니 바라보던 기억이 난다. 사실 홀가분했다. 결혼이 굴레이고 이혼이 자유를 의미하는 것이 아니란 것쯤은 알고 있었지만 당장은 갑분해(갑자기 분위기 해방)의 기분을 느끼지 않았다면 거짓이리라. 무엇보다 앞으로는 변호사 사무실이라든지, 가정 법원에 부러 시간을 내어 발걸음을 옮기는 수고를 하지 않아도 된다는 사실 하나만으로도 지구의 중력이 한결 가볍게 느껴질 정도였다. 그런데 이상한 현상은, 그로부터 얼마 지나지 않아 마치 실이 끊어진 마리오네트라도 된 듯 맥이 탁 풀리면서 몸이 아프기 시작했다는 것이다. 미래라는 단어가 포괄하고 있는 '예측 불가성'이나 불안의 육중한 무게가 훅 내게로 넘어오면서 몸이 그 무게를 감당하기 힘들다고 시위하는 것 같았다. 이건 단순히 남편이 앞으로는 내게 있어 그늘이 되어 줄 수 없는 존재가 되었기 때문이라든지, 언제 닥칠지 모를 경제적 고난의 예감 때문만은 아닌, 이혼이 성립되기까지 가진 기력을 지나치게 소진한 나머지 병증(病症)이 되어 나타난 듯했다. 회사의 사활이 걸린 초대형 장기 프로젝트의 총 책임을 맡아 절절히 붙들어 오던 일을 종료한 후 맞이한 허무함과 유사하다고 하면 될까. 이윽고 허무함이 지나간 자리에는 대한민국 땅에서 내 아이와 함께 '이혼녀'라는 신분으로 어떻게 살아갈 것인가에 대한 현실적인 고민이 들어왔다.

그 후로 몇 해가 지났다, 이혼이 완전히 성립되었다는 변호사 사무실의 메일을 확인한 날로부터. 그간 이사를 했고, 직업이 바뀌었으며, 내 엄마와 함께 살게 되면서 가족 구성원도 달라졌다. 아이가 자란 만큼 나도 나이를 먹어 노화라는 자연스러운 흐름으로부터 자유로울 수 없는 처지라 햇살에 반짝이는 정수리의 흰머리 범위가 확장되어 갔고, 마흔이 넘어 선언한 딸의 이혼을 같은 편에 서서 힘껏 응원해 주시던 아빠마저 내 이혼 확정 후 오래지 않아 희귀 폐질환으로 갑작스레 돌아가시면서 내 지난 삶에서 가장 낙차가 큰 파도를 타는 시기를 보냈다. 돌아보면 그 시간이 어찌 지났는지 잘 기억이 나지 않는다. 이혼 후의 시간은 잔잔한 호수에 크고 작은 돌멩이를 던지는 일과 같아서 하나의 파문이 채 끝나기도 전에 연쇄적으로 소용돌이를 그리는 과정이었다. 그 시간이 짧게 지나가 버리면 좋겠지만 누구 말마따나 나도 이혼은 처음이라서. 그동안 이불 킥을 먼지 나도록 해야 마땅한 흑역사를 제법 쓰기도 했다.

이혼이 성립되자마자 십수 년간 몸담아 오던 회사를 그만두고 실업자가 되었다. 대학 시절부터 재학 중이나 방학 기간 가릴 것 없이 줄곧 아르바이트를 하던 내가 기약 없이 일을 쉬게 된 건 그때가 처음이었다. 하지만 퇴사 후 오래지 않아 알게 되었다. 백수에 별 볼 일 없는 40대 이혼녀를 반겨 주는 곳이 세상에는 그다지 없다는 것을. 뜻한 바가 있어 대형 생명사에 소속된 보험 설계사 일을 시작했는데 주위의 시선이 마냥 곱지만은 않았다. 그때부터 내가 하는 많은 것들에는 '이혼하더니 결국 너도…'라는 꼬리표가 따라다녔다. 또, 공식적으로 '돌아온 싱글'이 된 내 일상에 새로운 사람들이 모여들기도 했는데, 젊은 날엔 젊음이 주는 생기로 사람들이 모였다면 이 시기에 만나게 된 사람들의 결은 무언가가 달랐다. 내 처지가 가엾어 연민의 마음을 품고 다가오는 사람도 있었고, 넘실대는 불안 속에서 숨을 깔딱거릴 때 그 상황을 외려 이용하려는 사람도 있었다. 이혼은 분명 내 의지로 선택한 일이긴 했지만 그땐 이혼의 탓을 누군가 다른 존재에게 전가하고 싶은 심정에 경제적인 압박까지 시작되니 '나만 불행해' 바이러스에 감염된 사람처럼 누군가에게 기대어 위로 받고 싶었다. 동시에 그런 스스로가 적잖은 속물처럼 여겨져 탁한 자괴감이 내 눈을 가리고 자주 엎어지게 했다. 여기저기 피가 나는데 일상의 고비마다 헛된 마음은 예고도 없이 불쑥 치고 들어와 무릎을 꺾었다. 점점 원만한 인간관계가 어렵게 느껴지지 시작했다. 기껏 고요히 가라앉혀 놓은 물컵 속의 앙금을 마구 휘저어 놓는 듯 내 삶이 뿌옇게만 보였다. 더 이상 사랑을 할 자격도, 사랑을 받을 자격도 없는 사람처럼 느껴졌다. 분심을 틈타 비집고 들어온 허망한 고민과 풀기 어려운 고민은 그렇게 나를 빈번하게 실수로 이끌었고 그 실수를 해결하는 데 이전보다 몇 배의 품이 들었다. 이혼 후 지금까지의 삶은 그러니까 좋게 말해 게임으로 치자면 튜토리얼과 같고 나쁘게 말하면 업계 경력이 전무하며 그다지 똑똑하지 못한 신입 사원의 좌충우돌 엉망진창 수습 기간과 같다.

그렇다고 해서 그 시간들이 죄다 부끄러움으로만 점철된 후회의 시간이기만 했는지 묻는다면 100%의 순도로 '아니오'라 답할 수 있다. 그동안 누구에게도 허투루 통과하는 시간은 없다는 걸 배웠다. 내 이름 앞에 붙은 이혼녀, 중년, 보험 설계사 등에 가지는 세간의 선입견에 이를 드러내고 으르렁거리기보다는 '지금 이 순간'을 촘촘히 채우려 애를 썼다. 세월을 동력 삼아 어제보다 나은 오늘을 살아가려는 자에게 과거의 경험은 그것이 설령 상처투성이의 기억이라 할지라도 반드시 유효한 교훈을 남긴다. 시간이 제법 소요되기는 했지만 마침내 불완전한 그대로의 나를 인정하기 시작했다. 실수와 실패 속에서 한 올 한 올 건져 낸 교훈은 수습의 성실한 방증이 되어 주었다. 수습은 배운다는 의미의 '修習'이기도 하고 내가 남긴 흑역사 흔적들의 처리가 가능하다는 의미의 '收拾'이기도 하다. 사람은 본능적으로 배설하는 행위에 부끄러움을 느끼는 존재이지만 역으로 부끄러움을 아는 사람에겐 수습의 여지가 남아 있음을 알게 되었다. 불완전이 실패이고 완전이 성공이라는 공식이 항상 통하는 법칙은 아니라는 것도. 불완전한 나라고 해서 행복을 추구할 권리를 박탈하는 근거가 될 리 없고 이불 킥을 유발하는 나의 지난 일화들은 오히려 앞으로의 내 삶에 좋은 거름이 되어 줄 거라 믿는다. 영화 감독인 고레에다 히로카즈는 이런 문장을 남겼다.

내 나약함은 진화하여 죄책감을 뒤로 보내고 다른 단계를 찾아보는 나를 만들어 준다.

죄책감을 뒤로 보내고 애써 혼자가 될 용기를 냈던 내게 나라도 조금 칭찬을 해 주고 싶다. 앞으로 내가 살아가기 위해 하는 모든 행위마다 내가 가진 자격에 연연해 그 함정에서 벗어나지 못한다면 스스로 한계를 긋는 일이 되어 그 자리에서 더 나아갈 수 없게 된다. 설령 선을 그었다 한들 대수인가. 슥슥 지워 버릴 수도 있다. 삶에는 어느 정도 이런 뻔뻔함이 필요하다. 이제는 그만 수습 기간을 마치려 한다. 언제까지고 수습만을 하고 있을 수는 없으니까. 지나가 버린 것보다 이제 내게 다가올 것들을 유연하게 받아들이기 위해서라도 앞으로는 나를 내 삶의 정식 직원으로 임명하기로 결심했다.

40

혼잣말을 하던 시간

어린 시절의 나는 퍽이나 혼잣말을 하던 아이였다. 자기 전에도 길을 걷다가도 책을 읽거나 차를 타고 어딘가로 이동을 하는 중에도 계속 혼잣말을 중얼거렸다. 머리 속에서 떠오르는 단어와 문장을 마술사가 모자에서 만국기를 좍좍 뽑아내듯 흥건히 쏟았고, 때로는 가상의 상대와 끝없는 대화를 주고받기도 했다. 길을 걷다 보면 나를 묘한 시선으로 바라보는 사람들과 눈 마주치는 날이 있었는데, 그땐 몰랐다. 그들이 나를 왜 그런 시선으로 바라보는지를. 사람들 눈에는 그런 내가 전두엽의 나사 하나가 2/3쯤 풀린 여자로 보였음에 틀림없다.

유년의 나는 타인이 바라보는 나와 진짜 나로 분리되어 있

었다. 누구에게나 어느 정도의 이중성은 있는 거라지만 나의
경우 타인의 눈에 비춰진 내 모습은 늘 말쑥한 옷차림에 반
묶음을 한 단정한 머리, 공부든 피아노든 그림이든 대개의
것들을 우수하게 해내는 모범생이었지만 그 뒤에 숨겨 둔 진
짜 내 모습은 불안에 몹시 취약한, 조금만 신경을 쓰면 편두
통과 배앓이에 시달리는 나약한 자아의 소유자일 따름이었
다. 그런 내 불안함을 나도 모르게 표출한 것이 혼잣말이었
다고 생각한다. 보여지는 나와 그냥 나 사이의 괴리가 점점
커져 갈수록 혼잣말을 중얼거리는 횟수도 늘어 갔다. 혼잣말
을 하기 어려울 땐 글을 썼다. 사람들이 진짜 나를 알아채게
되는 일이 무서웠다. 고작 그 정도일 뿐이면서 질소 포장을
한 과자처럼 볼까 봐.

　대학을 졸업하고 나를 아는 사람이 거의 없는 외국 땅에
방 하나, 거실 하나의 작은 아파트일지라도 오롯하게 나 혼
자 있을 수 있는 공간이 생기면서 나사 풀린 사람처럼 홀로
중얼거리던 오랜 습관이 사라졌다. 마음이 가는 대로 살았
다. 머리를 금발에 가깝게 염색도 해 보고, 어느 날은 충동적
으로, 언제 망가져도 전혀 이상하지 않은 중고차를 한 대 사
서 종으로 횡으로 편도 열 시간이 넘는 자동차 여행을 하기
도 했다. 물론 대부분의 시간은 생활비와 학비를 충당하려

잠을 포기해 가며 살아야 해 몸은 고됐지만 낯선 곳에서 맞이하는 혼자라는 이름의 일상은 고독 중에서도 극진한 고독이었다. 칭찬과 인정으로부터 자유로워지는 상태는 내가 상상했던 것보다 훨씬 좋았다. 뭐랄까, 가장 선호하는 맛의 풀사이즈 케이크를 내가 먹고 싶은 지점에서부터 먹고 싶은 만큼 조금씩 헐어 먹는 기분이었다. 케이크를 완식(完食)하는 순간을 되도록이면 천천히 맞이하고 싶었을 정도로.

몇 년간의 외국 생활을 마치고 서른이 되기 전 한국으로 돌아왔는데, 물론 돌아와야만 할 시기이기도 했고 또 돌아오고 싶어 결정한 일이었음에도 귀국하자마자 시작된 타국을 향한 향수병에 한동안 상당히 시달려야 했다. 귀국이 성급한 결정은 아니었는지 후회했고, 혼자였던, 혼자만의 공간을 가지고 있던 그 시절에 대한 그리움은 사무치게 짙어 몇 번이나 여행 가방을 꺼내 열었다 닫았다를 반복했다. '어쩌면 나는 돌아오지 말아야 했을까?'라는 질문에 시원하게 답할 수 없었다. 실은 지금까지도 잘 모르겠다. 이제 와 그런 의문들이 무슨 의미가 있으랴마는.

중년이 된 나는 혼잣말을 하는 습관이 완전히 사라졌다. 더 이상 외롭지 않고, 스스로를 괴롭혀야 할 만큼 부끄럽지 않으며, 아름다움을 향한 욕망도 희미해졌다. 그런 나를 인정하고 나니 후련하면서도 한편 쓸쓸하다. 나를 위해서, 또 딸을 제외한다면 내가 아닌 누군가를 위해서도, 영혼까지 그 러모아 동글동글 예쁘게 굴려 건네주고픈 감정을 품는 일 은 더 이상 생기지 않을 것 같다. 진짜 어른이 된 거라고, 그 런 삶이야말로 살아가기 수월하다고, 씩씩한 아줌마가 되 는 것도 꽤 나쁘지 않은 일이라고 사람들이 어깨를 도닥인 다. 그래, 아마도 그 도닥임은 진심이자 진실일 테다. 다만, 그 진실의 맛은 고독했던 그 시절만큼 달지 않을 뿐. 단 거는 DANGER라서 충치를 생기게 하고, 심각할 경우 신경을 찌 를 듯한 통증으로 앓게 할 거라 잘된 일이 분명한데, 왜 나는 그 말들이 반갑지만은 않은 걸까.

41

관종의 길

　작가라는 타이틀이 글 쓰는 일을 꿈꾸는 사람에게 중요한 이유는 '쓴다'라는 행위를 허락 받는 기분이 들어서일 것이다. 글을 쓰고 싶다는 마음만으로는 유감스럽게도 작가가 될 수 없다. 아니, 어쩌어찌 작가는 될 수 있을지 모르지만 '좋은' 작가는 되기 힘들다. SNS가 활성화되면서 각 분야에서 재야의 고수들이 나타났다. 어쩜 그렇게들 글을 잘 쓰는지 내 입으로 '장래 희망이 작가입니다'라는 말을 담으려니 부끄러워 몸 둘 바를 모르겠는 정도다.

　사람들의 글을 많이 읽다 보니 글을 쓴 사람이 읽는 사람의 마음까지 헤아리며 쓴 글인지, 무작정 쓰고 싶다는 욕망에만 충실한 글인지 어느 정도는 느낌이 오는 경지에 이르렀다. 어느 쪽 글이 더 잘 쓰인 글인가에 대한 평가를 내가 내리는 것은 불가능하며, 애시당초 '잘 쓴 글'의 기준이 그것 하나만은 아니기도 하지만 어떤 글이 더 잘 읽히고 마음 깊은 곳까지 가 닿는가에 대한 대답은 내게도 가능할 것 같다. 읽는 이의 마음까지 떠올렸음이 분명한 정성스러운 글과 마주할 때면 마치 부드러운 수건으로 감싼 핫팩을 명치 언저리에 가만히 댄 듯 따끈따끈해진다. 그 글엔 사전을 검색해야 할 만큼 현학적인 단어나 생경한 표현도 없고 문장의 부피가 쓸데없이 거대하지 않다. 그럼에도 그 밀도는 오밀조밀한데, 그건 글을 써 내려간 사람이 가진 마음이, 그러니까 쓰고 싶다는 욕망보다는 전하고 나누고 싶다는 바람이 더 커서는 아닐까. 단순히 정보를 전달하는 것과는 차원이 다른 문제다.

흔히 페이스북이나 인스타그램, 트위터 같은 SNS를 이용하는 사람을 '관종(관심종자)'라고 한다. 하루 중 페이스북 사용 시간이 상당히 긴 편인 나도 그 표현에서 자유로울 수 없다. 관종의 디폴트 값은 허세라는 말도 하는 걸 보면, 그런 관종에게서 허세를 쪽 빼라는 건 입에 착착 붙는 분식집 떡볶이나 마약김밥 같은 중독성 음식에서 MSG(조미료)를 금지하는 것에 다름 아니다. 사정이 이렇다 보니 나를 비롯한 SNS에 빈번히 글을 쓰는 사람들에게 어느 정도의 허세는 비난의 항목이 되지 않으며, 게다가 내 계정에 내가 욕설이나 비방과 같은 법적 사회적으로 어긋난 내용만 아니라면 무얼 쓰든 쓰는 사람의 자유라 볼 수도 있다. 그러나 제 아무리 허세를 용인한다고 해도 진솔함이라고는 없는, 읽는 사람의 마음보다 내 감정 배설의 카타르시스에만 방점을 둔다면 그 글이 여운을 남기지는 못할 것 같다. 어떤 멋진 단어를 끌어와 화려하게 꾸며도 그 글은 아무도 읽지 않는 독백이나 개인 일기로 잊힐 따름이다. 페이스북 이용자들이 모두가 작가를 꿈꾸는 사람은 아니겠지만, 타인의 '반응'에 신경을 쓰는 관종에게 있어 누구도 읽지 않는 글은 아무런 의미가 없다. 하물며 작가를 꿈꾸는 사람에게야.

장래 희망이 작가라는 선언은 했으나 그 길이 쉽지만은 않다는 걸 누구보다 내가 더 잘 알고 있다. 그렇기 때문에 사람들의 마음을 읽는 일의 소중함을 타인의 글을 통해 깨닫는 날이면 매우 행복한 기분이 된다. 내 바람은 계속 글을 쓰는 일이지만 실은 그 문장 앞에 '기억할 만한'이라는 말이 수줍게 괄호 안에 들어 있다. 그리고 계속 글을 쓰자고 마음을 먹은 이상 괄호 안의 문장을 줄곧 기억해야 할 의무가 내게는 있다.

42

Don't be serious

2020년 전 세계를 팬데믹으로 몰아넣은 코로나19 바이러스로 인해 공연이 모조리 취소되는 사태가 벌어졌다. 앞으로도 언제쯤 라이브 공연 관람이 가능할지 가늠하기도 어렵다. 하지만 이런 시기일수록 예술이야말로 다정한 위로가 되어 주는 존재이고, 세계적으로 유명한 음반사나 교향악단 등이 앞장 서서 스마트 기기나 PC 등을 통해 관람이 가능한 멋진 공연을 무료 영상으로 속속 내놓는 훈훈한 장면을 연출하기도 했다. 대한민국 최초 쇼팽 콩쿨 우승으로 빛나는 피아니스트 조성진의 신보 슈베르트 〈방랑자〉가 올해 출시되면서 예정되어 있던 그의 공연이 취소되어 아쉬워하는 팬들을 위해 지난 4월 26일 도이치 그라모폰 측에서는 조성진의 '방랑자' 연주 실황을 무료로 공개했다. 한층 성장한 그의 연주 태도는 차분했고 해석에 온화한 깊이가 느껴졌다. 그런데 이상한 일이었다. 연주를 듣다 어쩐지 슬퍼져 도중에 화면을 끄고 말았다. 초저녁에 마신 두어 잔의 와인 탓이었을까.

최근 들어 불안이나 공포, 피로와 슬픈 마음의 구별이 잘되지 않음을 느낀다. 외롭지도 않고, 여간해서는 눈물도 잘나지 않아서 시원하게 엉엉 울어 본 건 해묵은 기억 속에서나 흐릿하게 존재할 뿐이다. 그 때문인지 조성진 피아니스트의 연주를 들으며 느꼈던 감각이 슬픔인지, 피로인지, 도무지 모르겠어서 당황스러웠다. 종종 와인을 함께 마시는 인생선배 S에게 고민 아닌 고민을 털어놓았더니 이런 대답이 돌아왔다. 매사에 지나치게 시리어스해지지 말라고. 누구나 다가올 미래에 행복으로 반짝거리는 순간들이 채워지길 꿈꾸지만 지나고 보면 꿈을 꾸던 시간이 정작 맞이한 현실보다 더 방순한 나날들이었음을 알게 된다는 내용이었다. 나보다 세월을 더 오래 살아온 분의 말이니 아마도 맞는 말일 것이다.

'젊은 날엔 젊음을 몰라' 미래라는 캔버스 가득 희망의 색으로만 칠한 꿈을 그렸고, 다가올 시간을 향한 호기심의 맛은 새콤달콤한 과즙이 담뿍 배어 있어 현실의 초라함이나 불안함 정도는 가볍게 담가 버리고는 했다. 그러나 미래는 미래 시제일 때 그 모습이 가장 근사하고, 현재 시제일 땐 그 맛이 달콤하지만은 않으며, 과거 시제가 되면 그리운 냄새만 맡아진다. 나도 경험으로 그 정도는 알게 되었다. 물론 그렇다고 해서 내가 꿈이나 희망 같은 단어를 죄다 폐기 처분해 버린 것은 아니다. 그저 실현 가능성이 희미한 것에는 더 이상 모험을 하지 않으니 결국 꿈의 개수가 나이를 먹는 것과 반비례해 점점 줄어들어 갈 뿐.

내게 조성진의 연주가 왜 슬프게 들렸을까? 우리 시대 최고의 음악적 사색가로 알려진 피아니스트 알프레드 브렌델은 슈베르트의 〈방랑자〉에 대해 이런 말을 남겼다.

방랑은 낭만주의의 조건이다. 그래서 어떤 이는 따르고 어떤 이는 탈출구가 없는 상황에 내몰려 고통받는다.

방랑이나 방황이 부질없다는 걸 알아 버린 중년에게 낭만주의는 사장된 거나 마찬가지다. 내가 슬퍼진 이유는 죽어 버린 낭만주의에 대한 애도였을지도 모른다. 방랑자의 연주 영상을 끝까지 지키지 못하고 꺼 버린 건 그리워하기 싫어서

였을 것이다. 죽어 가는 낭만을 향수하기에 내 현실은 줄곧 시리어스해서.

RIP 나의 낭만주의여.

43

슬플 때마다 치약을 짠다

　이혼을 하고 한동안 앓았다. 성립 후 후련해했으면서, 더 이상 괴로울 이유도 없을 것 같았는데 베개에 눈물 얼룩이 시차를 두지 않고 동그라미를 그려 나가던 그 시절, 동그라미의 개수는 슬픔의 개수와 같았다. 슬픔의 이유가 불분명할수록 속이 텁텁해졌다. 그렇게 못 견디게 슬퍼지는 밤엔 칫솔에 매운 치약을 짰다. 뽀글뽀글 하얗게 일어나는 거품으로 입 안 구석구석을 닦아 내다 칫솔 머리가 목젖 언저리를 건드리기라도 하면 허리가 훅, 접혀 헛구역질과 함께 눈물이 찔끔 흐르면서 '때마침'이라는 부사가 적절하게 작용해 울어야 하는 사유를 마련해 준다. 그렇게 눈물의 정당성을 획득한 밤엔 실컷 울었고 그 후엔 그럭저럭 다시 잠들 수 있었다.

지금은 예전처럼 슬플 이유를 부러 찾지 않고 눈물로 베개에 동그라미를 그리는 밤과도 작별을 고한 지 오래다. 그럼에도 아주 가끔 환상통처럼 미상의 슬픔에 마음이 오려지는 밤이 있다. 하지만 모른 체한다. 오려진 마음이 통증을 가장해 찾아와도 무해하다는 걸 알아서. 마음의 쓸모는 욕망이 담긴 실린더의 눈금이 아래로 내려가는 것과 비례해 옅어져 갔고, 모서리가 뭉툭해진 오래된 나무 식탁처럼 일상의 자극에 관대해지는 대신 추억하는 일에 멀미를 하게 되었다. 나는 이제 과거 따위 찾아오지 않는 집이 되기로 한다. 문 옆의 초인종을 없앤다. 긴 커튼을 내린다. 나의 평화는 당분간 지속될 전망이다. 더 이상 칫솔에 치약을 짜지 않으므로.

44

심장이 딱딱하지 않아서
다행이야

누구나 이런 경험이 한 번쯤은 있을 것이다. 아무런 일정이 없는 어느 휴일, 습관처럼 좋아하는 음악을 플레이어에 걸고 커튼을 젖히면 창 유리로 투과한 햇살 가득 점멸하는 먼지로 이루어진 빛의 띠가 식탁 테이블을 쪼갤 듯 직선으로 꽂히는 모습을 보며 간밤에 읽다가 만 책을 펼치는 순간 나 말고는 아무도 없는 집의 기이한 정적 사이로 지금까지 익숙했던 음률이 낯설게 가라앉는 그런.

어느샌가 창밖으로는 귤색 노을이 차오르고 음악은 멈추어져 있다. 책은 기껏해야 두 페이지도 넘기지 못했는데 마치 타임 워프라도 한 듯 낮의 빛은 이미 사라지고 어둠 직전의 시간 사이로 음표의 여운만이 부표같이 떠돌고 있다. 도

대체 시간이 얼마나 흐른 걸까. 그동안의 기억이 내게는 없다. 어쩌면 다른 차원이나 평행 우주에 다녀오기라도 한 걸까. 우주 여행을 마치고 지구로 귀환한 스페이스 셔틀 탑승자의 기분이 된 나는 가스레인지에 주전자를 올리고 커피를 한잔 내리기로 한다. 물성을 가진 것들은 이런 때 구체적인 안도를 준다. 새소리를 내며 끓는 주전자의 하얀 김이 뭉클하다.

심장이 딱딱하지 않아서 다행이야. 그렇지 않았다면 스페이스 셔틀이 지구로 진입할 때 산산조각이 났을지도 모르잖아. 도구 없이 자가 호흡이 가능한 공간으로 진입할 때 적잖은 흔들림이 필요하다는 걸 SF 영화에서 본 적이 있다. 어느덧 나의 도시는 밤의 어둠과 불빛을 두른다. 인공적인 것들은 인간적이라 한결같은 위로가 된다. 옛날 옛적에로 시작하는 이야기는 모조리 어제까지의 삶들, 어둠과 빛으로 물든 인간미 넘치는 도시의 풍경 한 조각을 뚝 잘라 너에게 전보를 치고 싶다. 그 시절, 나는 너를 비추는 가로등 불이 되고 싶었노라고. 불 아래 공간은 둥그레 너는 안전하다고. 이제야 내가 네 삶의 한 줄기 빛이 될 수 없었음을 서러워하기엔 너무도 먼 옛 이야기. 그럼에도 잊힌다는 건 늘 그렇듯이 상처를 견디는 일보다 가혹하다.

45

내일의 걱정일랑은
내일의 나에게

고통의 역치가 남달랐던 나는 작은 자극도 큰 통증으로 받아들였다. 심할 땐 손가락으로 피부를 살짝 건드리기만 해도 칼에 베인 듯 아팠다. 게다가 불과 얼마 전까지만 해도 만성적인 편두통을 달고 살아서 매일같이 아침이면 오늘은 어제보다 두통이 더 할까? 혹은 좀 덜하지 않을까? 그런 생각을 하며 눈을 떴다. 가방엔 잔뜩 진통제를 품고 다녔다. 진통제의 성분까지 공부해 어떤 통증에는 어떤 진통제가 잘 듣는지 나름의 처방전이 있을 정도였다. 깜박 잊고 진통제를 두고 외출한 날엔 설령 통증이 없어도 호들갑스럽게 약국을 찾아 진통제를 사 두어야 마음이 놓였다. 오래지 않은 일인데도 되돌아 보니 까마득한 오래전의, 마치 세기말에나 일어났던 사건인 것만 같다.

그땐 몸이 내게 지나친 농담이나 과한 거짓말을 한다고 생각했다. 정직하지 못한 내 몸에 대해 어느새 체념을 하고 있었다. 아프면, 아플 것 같은 예감이 들면, 그냥 한 알이고 두 알이고 진통제를 삼켰다. 마음까지 날 속이려 할 때에도. 몸이 점점 지쳐 갔다. 장기나 뼈 같은 것들이 다 얇아지고 피의 농도가 옅어지는 느낌이랄까. 그래도 통증을 잊게 해 줄 수만 있다면 덜 고단하다고 여겼다.

과거형으로 말할 수 있음에 안도한다. 지금은 진짜 거짓말처럼 통증의 방문이 뜸하다. 몸이 더 이상 나를 속이려 들지 않는다. 정직하게 반응하는 몸의 소리에 외려 이전보다 더 귀를 기울이게 되었다. 먹고 싶을 때 먹고 싶은 걸 먹고, 자고 싶을 땐 실컷 잔다. 그걸 지키려 애쓴다. 무리해서 몸을 혹사시키지 않으며 운동이 하고 싶을 땐 조금 많이 걷는다. 주어진 환경과 처지 안에서 무리하지 않고 실행 가능한 것을 찾는 요즘이다. 스스로에게 관대해진 덕분에 날선한 몸을 잃고 무통의 시대를 얻었다.

요 며칠 신경 쓰이는 일들이 있었고, 그 때문인지 새벽마다 뜻 모를 꿈들을 총 천연색으로 꾸었다. 게다가 여전히 가임이 가능하다는 내 몸의 신호가 별로인 컨디션에 편승해 여느 때보다 한층 짧은 주기로 찾아왔다. 그러나 당황하지 않는다. 몸이 말하는 소리를 듣고 있었으니까. 긴긴, 캄캄한 터널 속을 걸어가고 있다고 느껴질 땐 출구의 불빛만 보이면 얼마든지 버틸 수 있을 것만 같았다. 마침내 멀리 출구로 여겨지는 빛이 보이는데 가도 가도 가까워지지 않아서 희망 고문을 당하는 느낌에 의기소침해진다. 다시는 진통제로 연명하던 시대로 돌아가고 싶지 않다. 그래도 마음에 분분한 상념이 침입해 잠에서 깬 새벽이면 갓 태어난 짐승처럼 곤히 잠든 딸아이를 가만히 껴안아 본다. 세상에 태어나 내가 가장 잘한 일의 경이로운 증거인 그녀를 껴안고 있는 동안 급속 충전이 된다. 아름다운 진통제, 이러려고 하느님이 내게 그녀를 보내 주셨구나, 저절로 감사 기도가 나오는 순간이기도 하다.

여느 아침처럼 일어나 머리를 감고 화장을 하고 일을 하러 집을 나선다. 겨울이 떠나지 않겠다고 집요하게 떼를 쓰고 있는데 차가운 공기 속에서도 붉음을 포기하지 않는 담벼락에 달린 장미의 우아함에 감탄한다. 그러므로 삶이 나를 속일지라도 노여워하거나 슬퍼하지 말고 우아하게 살기로, 적어도 오늘 하루만큼은. 그리고 내일의 걱정일랑은 내일의 나에게 미루기로 한다.

46

고리기도

모태 개신교였던 나는 대학에 들어가면서 점점 종교와 먼 삶을 살다가 2016년 이혼이라는 과정을 겪던 중 가톨릭 세례를 받으며 다시 종교 생활을 시작했다. 실컷 하고픈 대로 하고 살다가 힘들고 아쉬워지니 신을 찾느냐 비난해도 별수 없지만 당시엔 기도가 절실했다. 간절함이 통했는지 세례를 받기 위해 교리 교육을 하는 동안 소위 '은사'라고 말하는 특별한 체험을 받았고, 가톨릭의 3대 축일 중 하나인 8월 15일 성모대축일에 레비나(Lewina)라는 세례명을 얻어 지금까지 무탈하게 종교 생활을 하고 있다.

가톨릭에는 '묵주'라고 하는 기도를 위한 성물이 있다. 무주의 구슬마다 정해진 기도문을 읊으면서 드리는 기도를 묵주기도라고 하며 환희, 빛, 고통, 영광 이렇게 네 가지 신비에 대해 1단부터 5단까지 각 신비를 묵상한다. 혼자서 묵주기도를 드리기도 하지만 5단의 완성을 위해 몇몇이 각 단을 나누어 기도를 드리기도 하는데 이걸 '고리기도'라 부른다.

주일 미사도 빠지지 않는 편이고 성당이라는 장소를 무척 좋아해 주일이 아닌 날에도 가끔씩 들르지만 사실 나는 고해성사도 매번 드리지 않았고 제대로 묵주기도를 해 본 일도 세례 전 받았던 교리 교육 중 체험판으로 한 것이 전부였다. 뭐랄까 묵주기도는 내게 그만큼 어려운 영역처럼 느껴져 자격(?)이라고 해야 하나 그런 걸 갖추지 못한 것 같은 마음에 시작하기가 쉽지 않았다. 묵주기도는 그저 나 자신만의 기복을 위한 지향이 아니며 그중에서도 특히 고리기도는 함께함으로써 강력한 위로의 힘을 발휘하는 기도라는 믿음이 내게는 있었다. 이미 선물로 받은 묵주가 여러 개 있었음에도 묵주기도를 시도하지 못하고 있다가 올해 초 신심이 깊은 친구가 직접 만든 보라색 묵주를 내게 건네며 고리기도를 제안해 주었다. 코로나로 인해 다들 우울하고 힘든 나날을 보내고 있기도 하고, 개인적으로도 소소한 고난이 이어지던 시기라 친구의 제안이 참 반갑고 기뻤다. 선택받았다는 뿌듯함마저 들었다.

처음엔 묵주기도가 익숙하지 않아 기도에 품이 많이 들었다. 시간이 오래 걸렸고 기도문의 순서를 바꾸거나 빠뜨리기도 하는 등 좌충우돌의 시간들이 쌓이고 쌓여 어느새 네 개의 신비를 완성하기에 이르렀다. 지금은 자다가 벌떡 일어나 묵주를 주섬주섬 꺼내 기도를 드릴 정도니 생활의 일부로 자리를 잡은 셈이다. 함께 고리기도를 드리는 친구들은 내가 해이해지려 할 때마다 강력한 기도 추심(?)으로 나를 일으켜 세웠다. 하긴 내 기도가 빠지면 그날의 신비가 완성되지 않으니 민폐도 보통 민폐가 아니다. 고리기도의 핵심은 책임에 있다.

4월부터 시작한 묵주기도는 내게 있어 예상을 한층 뛰어넘는 유효한 에너지로 다가왔다. 내 속에 얼기설기 꼬인 분심을 풀어 선하지 않은 부분을 슥 밀어내는 법을 터득했고, 지금이 힘든 내 주변인을 위해 마음껏 이름을 부르며 기도 중에 함께할 수 있음은 또 다른 동기 부여가 되어 주었다. 기도의 응답이 외부로부터 내 안으로 울려오는 날도 있지만 나 자신으로부터 응답을 발견해 내는 날엔 마음에 두툼한 평화의 융단이 깔렸다. 특히 7월은 한 해의 반이 지나고 나머지 반이 시작하는 달인데다가, 고리기도를 함께 나누고 있는 친구들 중 나를 비롯한 세 명의 영명 축일(가톨릭 신자가 자신의 세례명으로 택한 수호 성인의 축일)과 생일, 세례 축일(세례를 받은 날)이 들어 있는 각별한 달이기도 하다. 이번 달 기도 주제는 '고통의 신비'로 내가 맡은 부분은 그중에서도 4단인 예수님 께서 우리를 위하여 십자가 지심을 묵상하는 것이다. 누군가 를 위해, 몇 번씩 넘어지면서도 무거운 십자가를 어깨에 메 고 가파른 경사를 오르는 마음을 헤아려 보는 시간, 기도 중 함께할 내 사람들의 이름을 또박또박 한 글자씩 온 마음으로 부르겠다는 다짐을 해 본다.

47

80개의 영혼

〈불안의 서〉를 쓴 포르투갈의 작가, 페소아가 가장 사랑한 건 시(詩)였다. 그럼에도 그의 시가 우리나라에 알려진 건 비교적 최근의 일이다. 같은 포르투갈 출신의 노벨상 수상 작가, 주제 사라마구는 페소아를 향해 이런 말을 남겼다.

만약 페소아가 시인이 아니라 화가였다면 그는 어떤 자화상을 그렸을까?

그도 그럴 것이 작가 페소아는 자그마치 80개의 인격과 성품을 가지고 있었으며 놀랍게도 저마다 다른 이름까지 붙여 있었다.

우리는 대개 '모순'이라는 것에 불편함을 느끼고 모순된 상황에 직면하면 서둘러 상식이란 단어를 꺼내온다. 앞뒤가 맞지 않는 것과 출구와 입구 중 어느 하나만 있는 것을 견디기 힘들어 하는 까닭은 오로지 입구만 있는 것 중 하나인 쥐덫에 사람들이 느끼는 공포로 설명할 수 있다. 그건 쥐를 향한 혐오와 동시에 출구가 없는 상태로 몰고 가는 덫이라는 모순된 존재가 초래한 감각일 테다. 그러므로 80명의 이름으로 지어진 페소아의 시에 대해 '진짜 작가가 누구인가?'라는 탐색 같은 건 무의미하다. 그는 시가 인간 그 자체, 즉 살아 숨쉬는 존재라고 생각했다. 자유로운 80개의 영혼을 가지고 있었기 때문에 방대한 시가 탄생할 수 있었으나 그의 시는 80개의 영혼이 살아 있던 당시에는 결코 인정받지 못했다. 사실 인간이야말로 존재 자체로 모순이거늘.

최근 몇 년간 공공연하게 내 장래 희망이 작가라 떠들고 다녔더니 얼마 전 지인들과의 술자리에서 한 분이 내게 가장 쓰고 싶은 글이 무엇이냐는 질문을 건넸다.

"(멋쩍어하며) 시…."

"네? 그 시… 요?"

"네… 그 시요."

궁극적으로 쓰고 싶은 건 시라고, 다소 수줍게 답했던 기억이 있다. 그 이유에 관해선 페소아가 '알베르투 카이에루'라는 이명(異名)으로 쓴 '양 떼를 지키는 사람'이라는 시의 한 구절로 갈음하려 한다.

내게는 야망도 욕망도 없다.
시인이 되는 건 나의 야망이 아니다. 그건 내가 홀로 있는 방식.

나의 지금은 아직 야망과 욕망으로 점철되어 있고, 작가가 되고 싶다는 마음도 그 무수한 점들 중 하나이다. 나는 페소아처럼 홀로 있는 방식이 가능한 시적(詩的) 이명(異名)을 찾지 못했다. 부디 죽기 전에 하나라도 찾게 되기를 간절히 바랄 뿐. 80명의 자아와 저마다의 시를 찾아낸 페소아를, 그러므로 격애(激愛)하며 존경(尊敬)할 수밖에.

* 〈시는 내가 홀로 있는 방식〉, 페르난두 페소아, 민음사, 2018

48

그래도 봄날은 간다

'라면 먹고 갈래?'라는 대사로 유명한(원래 대사는 '라면 먹을래요?'이다) 허진호 감독의 2001년 영화 〈봄날은 간다〉는 2020년인 지금까지도 여전히 회자되는 영화이다. 결혼을 하기 전까지의 나는 이 영화를 그다지 좋아하지 않았다.

현실 세계에서 어른의 사랑(이라기 보다는 연애)는 기대만큼 예쁘거나 말랑말랑하지 않다. 젊은 날에 본 〈봄날은 간다〉는 바로 그런 점에서 짜증이 났다. 영화가 뭐 이래! 명색이 로맨스 영화답게 분홍빛으로 나긋나긋 멋지게 그려 주면 안 되나? 아무리 현실이야 달걀도 넣지 않은 라면 같은 연애밖에는 못 한다 해도 영화니까 미슐랭 레스토랑만큼은 아닐지라도 프랜차이즈 레스토랑의 입에 착착 붙는 크림 파스타

정도로는 그려 줘도 되는 거 아닌가 싶어서.

영화 속에서, 이혼한 지방 방송국 라디오 PD인 은수(이영애)의 도무지 속을 알기 힘든 행동을 내가 이해하게 된 건 실제로 내가 이혼한 후 이 영화를 다시 보았을 때부터다. 은수가 어떤 마음으로 상우(유지태)에게 '라면 먹을래요?'라고 물었는지, 엉망으로 취한 밤 왜 그저 눈물만 흘렸는지, 상우가 그런 은수를 다독일 때 왜 아무런 말도 하지 않았는지, 좀 더 정확하게 말하자면 거기까지 살아오는 동안 사회생활을 하는 한 여자가 이혼 후 겪었을 수많은 경험의 종류를 미루어 짐작할 수 있었던 것이다.

사랑에 기대어 산다는 건, 연애로부터 일상을 겪어 낼 기력을 얻으려 한다는 건, 대단히 무모한 생각이다. 그러나 그걸 깨닫게 되는 건 너무나 나중의 일이고, 설령 알고 있다 해도 자주 그 함정에 빠지고 만다. 왜냐하면 우린 모두 외로운 사람들이라서.

이혼은 엄밀하게 말하자면 결혼의 실패라기보다는 누군가와 오래 사랑하는 일의 실패 혹은 종료에 가깝다. 사랑이란 감정은 결국 너와 함께 있고 싶다는 의미로써 좋으니 같이 있고 싶고, 같이 있어 좋으니 그 시간을 점점 연장하고 싶어지는 법이다. 대부분 그래서 결혼을 한다. 무엇보다 '그대'라

는 그늘이 사는 동안 맞닥뜨리게 될지 모를 뜨겁고 모진 태
양 광선을 막아 줄 거라 믿으며. 그러나 상대가 내 그늘이 되
어 주길 바라는 시점과 내가 상대의 그늘이 되어 주어야 하
는 타이밍이 딱딱 맞아떨어지지는 않는다는 것이 결혼의 함
정이다. 나아가 왜 내가 너의 '그늘'이 되어야 하는데?, 라는
불만이 시작되면 그 결혼 생활은 위기를 맞이하게 된다. 나
도 그랬던 것 같다. 그의 그늘이 되어 주지도 못했고 그라는
그늘이 미덥게 느껴지지도 않았다. 각자에게 작렬하는 따가
운 햇살이 서로를 쩔러도 상대에게 조금의 그늘도 허락해 주
고 싶지 않아져 우린 갈라서게 되었다. 그리고 그 갈라서는
과정이 꽤 길고 힘겨워 마지막의 마지막까지 나를 갈아 넣어
야만 했으니 남는 건 분노와 피로감뿐이었다.

　한 관계의 종료, 그것도 서류에 공식적으로 기록이 남는
관계의 종료에 이토록 대가가 필요하단 걸 몸소 체득했고,
이혼 후 자유 연애의 가능성은 열렸으나 그렇게 산뜻한 기분
은 들지 않았다. 현실적으로 마흔이 넘은 애 딸린 이혼녀는
적당히 즐길 줄 아는, 그러니까 연애 기분은 세련되게 느낄
수 있으면서 부담은 없는 대상에 가깝다는 것도 이리 되어
보니 알게 된 사실이다. 아침 드라마에 등장하는 돌싱녀 주
인공처럼 백마, 아니지 고급 자가용을 모는 연하남(본부장님)

을 만나 알콩달콩 순수한 사랑 이야기의 장본인이 될 리 없고 재혼 가능성도 현저히 낮기 때문에 서로의 목적이 맞는다면야 몸을 맞추든 마음을 맞추든 서로에게 무해한 연애질을 할 수도 있겠다. 그런 상대야말로 만남의 설렘도 헤어짐의 아픔도 그리 치명적이지 않을 테고. 그러나 나는 심장이 뛰고 더운 피가 도는 사람인지라 머리로는 알겠는데 마음은 마음대로 되지 않아서 결국 상처 받지 않기 위해 연애에 대한 기대를 내던져 버리기로 결심하기에 이르렀다.

사랑이 서로를 마주 보고 싶어지는 감정이라면, 좋은 연애란 어깨를 나란히 하고 같은 지점을 바라보며 걸어가는 일이라고 생각한다. 손을 잡기도 하고 팔짱을 끼거나 어깨 동무를 하면서. 영화의 끝에서 은수에게 받은 화분을 다시 그녀에게 되돌려 주는 상우와, 웃으며 그가 건넨 화분을 건네 받는 은수가 마지막으로 잡은 손의 종류는 '악수'였다. 잡았던 손의 온기가 희미해질 무렵 봄날이 갔음을 알게 되겠지. 마치 한바탕 꿈을 꾸고 잠자리에서 일어나 기지개를 켜듯 그렇게. 우리는 알고 있다, 아침에 눈을 떠 기지개를 켜기 전까지 얼마나 이불 속에서 나오기가 어렵고 싫은 일인지를. 그러나 새 하루를 시작하기 위해선 반드시 그 이불 속에서 나와야 한다는 것도.

49

상미 기간

계절이 변곡점을 넘어가려 할 땐 마음이 고단하다. 자연은 무던히 흘러가는데 왜 사람의 마음은 그러지 못하는지. 환절기에 감기로 앓는 까닭도 어쩌면은 이 때문이려나. 누군가를 향한 갸륵한 마음에도 실은 계절이란 것이 있어서 뜨겁다가, 건조하다가, 초라한 마음 자리 자욱한 먼지가 일었던 곳에 호우주의보가 내려 거친 빗방울이 사선 모양으로 그어지기도 해서.

삶 안에서 마주치는 수많은 사람들은 내가 작정한 바대로, 혹은 바라는 만큼 오고 가는 존재가 아니기에 오해와 실망 사이에서 심장을 졸이기도 하고 결이 순하게 포개어지는 평온한 기쁨을 맛보기도 한다. 관계를 심플하게 맺으며 살고

싶지만 정돈하기 쉽지 않은 것은 사람을 향한 내 욕심이 8
할, 나머지 2할은 변명을 늘어놓자면 투정을 부리고 싶은 유
아적 심리가 녹아 있는 탓이다. 조개처럼 입을 꾹 다물고 있
어도 너만큼은 내 마음을 알아줄 거라는 대책도 없고 어이마
저 없는 투정이. 관계에 있어 타이밍은 자주 절묘와 절망 사
이에서 아슬아슬한 줄타기를 한다. 사람이란 도무지 복잡한
생명체라 많은 것들을 죄다 이해하고자 하면 반드시 곤란한
상황에 처하게 된다. '예의 바름'이라는 전제 하에 상대방이
가진 대부분의 항목을 인정하게 되면 조금은 수월해진다는
사실을 중년에 접어 들어서야 뒤늦게 깨닫는다.

언젠가 가을, 일본 큐슈에 위치한 유후인 온천 마을에 간
적이 있다. 유후인은 어떤 시점부터 시간의 통과를 거부하겠
다고 작정이라도 한 듯 옛 모습을 그대로 간직한 작은 시골
마을이었고 번쩍이는 편의점 간판이 없었다면 내가 살고 있
는 시대마저 헷갈렸을지 모른다. 미리 예약을 해 둔 온천 여
관까지 가는 길은 좁은 오솔길이었는데 길 위엔 잔돌이 빼곡
히 깔려 있어 걸을 때마다 지그락 자그락 장난스러운 소리가
났다. 번호 대신 문 앞에 꽃 이름이 적힌 명패를 달아 둔 다
다미 방 안으로 들어서니 노란 소국이 싱싱한 인사를 보내
고 있어 도착하자마자 위로를 받았던 그곳은 각 방마다 개별

노천탕이 있어 안에선 싸늘함이 아닌 촉촉한 훈기가 느껴졌다. 짐 정리를 뒤로 미룬 채 우선 허리를 낮추고 다리를 가로로 뻗었다. 사람이 내는 음향은 멀었고 새나 바람과 같은 자연의 소리만 또박또박 가까이 들려오는 방 안의 오후는 마냥 한가로이 흐르고 있었다. 정갈하게 차려진 저녁을 먹고 지역 산 병맥주를 한잔 마신 후 체온보다 다소 온도가 높은 온천물에 몸을 담그니 마음이 한없이 관대해져 세상에 용서 못할 일 같은 건 없어 보였다. 그러나 그 가을 여행을 함께했던 친구와는 더 이상 연락을 하지 않는 사이가 되었음을 고백한다. 돌아보면 대수롭잖은 이유였을 텐데 유후인 마을에서 확증 편향되었던 나의 관대함은 상미 기간이 너무 짧았던 걸까.

사람의 서운함은 스스로를 편협하게 만들어 상대와의 거리를 점점 멀어지게 한다. 그럼에도 그날의 단상들은 아름답게 남아 때때로 마음이 쿡쿡 쑤신다. 일본 여행을 가면 꼭 사야 한다는 동전 파스를 마음에도 붙일 수 있다면 좋을 텐데. 온천 마을이 캄캄한 밤으로 덮이고 중력마저 살갗 틈으로 숨어 버려 소곡처럼 울려오던 벌레 소리조차 뮤트(mute) 되었으나 가늠조차 하기 힘들 만큼 오래전부터 변함이 없었을 것만 같은 물소리만이 확실한 톤과 일정한 리듬으로 흐르던 그 시간, 낯선 마을의 다다미 방에 누워 각자 무슨 생각을 했던

가. 그날 서로 나란히 누워 온화한 여정을 보낸 우리가 돌아와선 서로에게 어째서 그토록 엄격해야만 했을까. 이유조차 희미해 유후인에게 빚을 진 기분이다. 그날의 물소리는 지금도 귓가에 흐르고 있는데.

50

사랑이 그대를 다정하게 하리라

　우화 속에서 나그네의 두꺼운 외투를 벗긴 건 거센 바람이 아니라 균일하고 지속적으로 보내는 따스한 햇살이었다. 사랑을 다시 해도 된다면, 내게도 그런 행운이 찾아온다면, 느티나무 등걸을 산산이 쪼개어 버리는 폭풍 같은 거 말고, 지중해 햇살처럼 정다운 마음이고 싶다.

　누군가를 향한 감정의 시곗바늘이 채깍채깍 돌아가는 동안 혹 바늘이 멈추지는 않을까 조심스레 시계추를 흔들어 본다. 사랑은 고장 난 시계가 아니라 정상적으로 작동하는 시계여야 할 테니. 나를 아끼는 너는 내 머리를 쓰다듬으며 말한다. 작고 예쁜 너. 결코 작지도 예쁘지도 않은 나지만 내 시곗바늘은 그렇게 네 앞에서 가장 아름다운 각도인 10시

08분을 가리킨다. 바늘이 움직이는 동안만큼은 사랑의 영속성을 무턱대고 믿어야지, 그러면 또 한 바퀴 돌아서 온 시곗바늘이 10시 08분적 둥근 웃음을 띄워 줄거라고.

장 자크 루소는 〈신엘로이즈〉에서 소진된 사랑이 영혼을 고갈시킨다면 억제된 사랑은 영혼을 고양시킬 수 있다고 했다. 그러나 사람들은 대개 이별의 순간에 누군가를 향해 지니고 있던 사랑을 죄다 소진했다며 내 영혼은 구원 받았다 자위하고, 억제된(혹은 억제한) 사랑 때문에 영혼이 피폐해져 간다고 투덜대지만 사실 사랑에 빠진 그 순간 우리는, 적어도 나는, 한때나마 온 마음을 다해 영혼을 담보로 한 적이 있다. 지금껏 내 마음을 툭 상대에게 얹는 일을 갓듬이나 얼음이라 착각해 오진 않았을까. 나는 너야, 너는 나야, 와 같은 허무맹랑한 문장이 더 없는 낭만으로 두 사람에게 휘몰아치는 순간이 있듯, 그저 착하게 다가가고 싶어도 내 존재가 상대에게 한결같이 온순하게 작용하지는 않음을 깨닫게 되는 일이 관계에 있어 물제비를 뜨는 것과 같은 일이라 해도 나는, 너를 향한 내 마음을 억누르며 무심하게 바라보기보다는 네 손을 어떻게 해서든 한 번은 더 잡아 보고 싶다고, 네 어깨를 한 번만이라도 더 두드리고 싶다고, 간절하게 또 다정하게.

51

저마다의 공든 탑

강원도 양양에 가면 '낙산사'라는 절이 있다. 바다가 보이는 풍광이 좋은 곳에 위치해 있어 사람들의 발길이 끊이지 않는 그곳에 비 내리는 날 방문한 적이 있다. 우산을 받치고 비가 부슬부슬 낙하하는 절 안 곳곳을 둘러보다가 담벼락 곳곳 사람들의 소망으로 쌓인 수많은 돌탑을 보게 되었다. 누가 그러라고 시킨 것도 아닐 텐데 인간의 바람이란 그렇게 묵묵히 차곡차곡 위로 더 위로 쌓여야만 이루어지는 거라고, 정성이란 시간을 부러 들여야 하는 일이라고 말하는 것만 같았다. 탑들이 비에 젖어 가는 모습을 보다 마음도 촉촉하게 젖어 간다. 이건 저마다의 공든 탑이로구나, 함부로 세워진 장난 같은 탑이 아니구나, 내가 믿고 의지하는 초월적 존재로부터 허락과 동의를 구하려는 곡진함이로구나.

인간은 자기 객관화에 매우 서투른 존재다. 선험적이든 경험적이든 상처에 대한 두려움을 안고 살아가는 동안 내 연약한 자아를 감추려 자주 변명을 끌어들이고 타인을 향해 성급한 판단질을 하기도 한다. 굳이 내로남불(내가 하면 로맨스 남이 하면 불륜)과 같은 신종 사자성어를 들먹일 것까지도 없다. 어차피 나약한 인간에겐 의도가 왜곡되는 상황이나 발화가 오해의 꼬리를 줄줄이 물고 또 물며 다가오는 경우는 숱하다. 그저 진심만으로 해결이 안 되는 문제의 가짓수는 유감스럽게도 내가 나이를 먹는다고 해서 줄어들지 않는다. 나이가 곧 의젓함의 상징이 될 수 없는 이유도 이 때문이고, 그저 체념이나 포기 같은 것들이 조금 손쉬워질 따름이다.

약속, 소망, 희망, 사랑, 같은 아름다운 단어를 진부하다 취급하게 된 건 그 항목들이 실제로는 고작 희박한 가능성밖에 없다는 걸 자꾸만 알게 되는 순간을 거듭해 겪어서다. 5G 속도의 인터넷으로 가상 현실이 기막히게 생생히 재현되는 이 시대에 절의 담벼락을 따라 주르륵 쌓인 고색창연하고 언플러그드한 돌탑의 모양들을 보고 있자니 새삼 뭉클했다. 그럼에도 나는 절을 뒤돌아 나서기까지도 끝끝내 작은 돌 하나 얹을 수가 없었다. 돌탑의 지극함이 진부해서가 아니다. 내게 간절한 무언가가 고작 먹고사니즘과 같은 너무나 직관적이고 현실적인 것뿐이라 그만 마음이 쓸쓸해졌기 때문이다.

진실한 로맨스는 시즌 한정판 명품백처럼 희귀한 것이 되었고, 첫눈에 영혼이 사로잡히는 일은 학창 시절 수업 시간에 몰래 읽던 순정 만화에서나 등장하는 유물이 되었다. 오죽하면 드라마 제목부터 대놓고 로맨스가 필요하다고, 해사한 웃음을 만면에 피운 연하의 훈남이 등장해 일편단심 순정을 잊지 말라고 광고할까. 그러나 그런 존재를 일컬어 요샛말로 '유니콘'이라 하는 걸 보면 현실 실현 가능성은 타진조차 하지 않는 것이 나을지도 모르겠다.

비 오는 그날, 낙산사 곳곳을 거닐던 그날, 돌 하나를 얹고 와야만 했을까. 드물고 소중한 그 무언가를 내 안에서 끝끝내 발굴해 온 마음을 담은 돌 하나를.

52

생의 증거

분홍색 점묘법적 4월의 어느 날, 허세를 한 티스푼 정도 넣어 쉼보르스카의 시집을 꺼내어 펼친다. 일상적인 단어와 흔한 하루만으로도 우리네 인생이 유의미할 수 있음을 담담히, 그러나 섣부른 지적 같은 걸 하지 않고서 전하는 그녀의 단어가 주는 미덕은 맑디맑아서 허세를 끌어온 나를 부끄럽게 한다.

스스로에게 도취된 사람 쪽이 자기 자신을 불신하는 사람보다 아름다우며 나를 건강하게 믿는 사람은 하루에도 몇 번씩 자기 검열의 기준을 정직에 두고 바라보고는 한다. 노르웨이의 피아니스트, 그리그는 일생 동안 피아노 소나타 곡이라고는 단 하나밖에 세상에 내놓지 않았고 그 곡은 21세기에도 참신한 낭만 속에서 생생하게 살아 숨쉬건만, 비에 젖

은 타이어가 뿜어내는 음향은 촉촉이 가라앉아 작별의 인사
조차 없이 홀연 져 버린 봄꽃들의 아우성만 갈 계절을 향한
장송곡이 되어 황급히 묻히는 걸 황망하게 바라본다. 생과
그 너머의 구분을 사람은 무엇으로 할 수 있는가. 너무 오래
우려 혀 위로 떫게 퍼지는 식은 홍차를 후룩 들이켜다 다시
펼친 쉼보르스카의 시집 〈충분하다〉에는 마침 이런 글귀가
나를 두드린다.

우리는 훨씬 오래 산다
하지만 덜 명확한 상태로
그리고 더 짧은 문장들 속에서

너와 내가 세계라는 곳 안에서 더 다양하게 교감을 지속적
으로 나누어야만 할 이유로 이 문장은 '충분하다'. 끊임없이
세포 분열을 하는 미토콘드리아처럼 우리는 우리를 서로의 단
위로 쪼개어 숨을 불어넣어 주고 동류의 DNA 지도를 새기며
살아가자고, 그것이야말로 살아 있음의 증명이자, 이어져 있
음의 증거이며, 어쩌면 우리의 사랑은 이것으로 충분하다.

---

* 〈충분하다〉, 비스와바 쉼보르스카, 문학과지성사, 2016

53

어디 삶이 희망과 성공 사례로만
채워지던가요

마흔 중반에 접어들고 보니 일상이 '좋다 VS 나쁘다'의
대결 구도가 아니라는 것을 알게 되었다. 좋은 일이 마술사
가 모자 속에서 비둘기를 쑥쑥 뽑아내듯 다채롭게 펄럭이지
않고, 그렇다고 나쁜 일이 전혀 일어나지 않는 것은 아니지
만, 그럼에도 불구하고 '좋다'가 아니라는 이유로 '나쁘다'라
고 결론 짓지 않게 되었다. 이제 좀 마음에도 근력이 붙은 걸
까? 어려운 상황을 앞에 두고 지나치게 두려워하는 태도가
조금 바뀐 것 같기도 하고.

내일의 문제는 내일의 내가 해결하겠지.

사실 이 문장은 두 가지로 해석할 수 있다. 단순하게는 무작정 미루기라 볼 수도 있겠고, 사안이 까다롭다 해서 미루는 것은 두려운 상황 앞에서 그냥 눈만 꼭 감는 행위로 볼 수도 있다. 그렇다고 오늘의 나에게 과도한 목표를 양팔 위로 떠넘겨 지나치게 괴롭힐 필요는 없다고 생각한다. 걱정을 미리 앞당겨 하는 건 문제 해결에 그다지 도움은 되지 않는다. 걱정의 범위를 좁히고 악성 코드의 숫자를 줄이는 가장 효과적인 방법은 그 부분을 다른 '선한' 것으로 채워 나가는 일로, 부단한 노력과 관심의 균형적인 안배 이 두 가지의 실행이 매우 중요하다.

지금은 아니지만 한때 심각한 불면증에 시달린 시절이 있다. 밤이 오면 잠이 들고 아침이 오면 눈을 뜨는 일상이 새벽 4, 5시가 넘어 간신히 잠에 들었다 숙면을 취하지도 못하고 깨고 마는 일상보다 더 평온한 건 당연한 일이다. 실질적인 수면 시간이 과거에 비해 한층 늘었음에도 하루의 총량이 길다고 체감하게 되었다. '중요한 것은 습관입니다!'와 같은 누구나 할 수 있는 말을 하려는 것은 아니지만 개인의 삶에 있어 습관이 핏이 잘 맞는 옷처럼 내게 착 감길 때 일상을 꾸려 나가는 데 우호적으로 작용한다는 걸 몸소 터득했다.

물론 연이은 실패 앞에서 좌절의 쓴 타액을 삼키는 날도,

엉엉 짠 눈물의 맛을 보는 일이 생기기도 하겠지. 도대체 내 심정을 왜 이렇게 몰라 주냐며 억울한 상황과 마주하는 날도 있을 테다. 그런데 그게 어쨌다는 건가? 그러한 것들에게 내 남은 영혼까지 갈아 넣을 필요는 없다는 것이다. 힘들면 좀 징징거리기도 하고, 딱 한 캔만 마시려 했던 맥주를 네 캔씩 마실 수도 있으며, 너그러운 친구들을 졸라 커피 정도 얻어 마신다 한들 그게 어때서. 극복에 지나치게 큰 방점을 찍어 강박적인 청결함을 요구하는 건 피곤한 일일 뿐이다.

즐겨 쓰는 형용 부사 중에 '조곤조곤'과 '차곡차곡'이라는 말이 있다. 뭐든 한 방에 바꾸려는 건 내 욕심이며 스스로를 완벽하게 변모시키려 하는 건 불가능하다. 조곤조곤 실천하는 시간이 차곡차곡 쌓여야 비로소 바뀐다. 그리고 꾸준한 실천이 이어질 때 변화에도 가속도가 붙게 된다. 내 젊은 날 엔 여성의 흡연이 과거에 비해 멋짐의 표징이기도 해서 첫 담배를 입에 물어 본 이후 거의 20여 년을 이어 오던 흡연 습관을 버리고 금연을 시작한 지 1년이 넘었다. 고작 1년간 의 금연 정도가 뭐 그렇게 뻐길 일이냐 할지는 모르지만 나 는 안다. 아마 2년, 3년 계속해서 금연을 이어 가리라는 것 을. 그리고 흡연을 참는 괴로움이 점점 옅어져 마침내 아무 것도 아닌 일이 될 것임을. 또한 혹시 내가 한 번쯤 흡연의 유혹에 졌다고 해서 머리를 쥐어 뜯으며 괴로워할 필요도 없다. 목표의 위치를 이동시키지만 않는다면, 그 목표까지 가는 방법은 변경이 가능하다고 생각한다. 옛말에도 있지 않은가? 모로 가도 서울만 가면 된다는. 가는 동안 꽃도 보고, 호기심에 충만해 샛길에 빠져도 보고, 벌레 소리 듣다 바람과 인사도 하고, 그럼 된다. 조금 늦게 도착할 뿐이다. 그리고 목표 지점에 도달했을 때 내가 담아 온 길 위의 추억들이 다음 목표를 향해 가는 힘이 되어 줄 거라 믿는다.

54

울면 돼요?

일곱 살에서 중학교 3학년 봄까지 전라도 정읍서 살았다. 아빠는 농약사와 목재 장사를 거치며 있는 돈 전부를 말아드시고 설상가상 보증 잘못 선 죄로 부모님은 결국 마지막 남은 자산을 탈탈 털고 빚까지 내어 테이블이 고작 6개인 조그마한 24시간 해장국집을 열었다. 내 엄마 음식 솜씨가 워낙 좋았고 아빠는 오토바이를 몰며 배달을 열심으로 다녀 몇 년 새 빚도 갚고 돈도 벌어 법원 앞 새로 지은 건물에 한우 곰탕과 숯불 고기를 파는 식당(당시엔 '회관'이라고 불렀다)을 차리게까지 되었다.

어릴 때부터 비위가 약하고 후각이 예민했던 나는 가리는 음식이 유달리 많았고 남의 집 음식은 잘 먹지 못했다. 아무

음식이나 가리지 않고 잘 먹게 된 지금까지도 식당 김치는 선뜻 손이 가지 않고 곰탕이나 냉면, 해장국은 어린 시절 우리 가게에서 먹었던 맛이 각인이 되어서인지 어느 맛집을 가봐도 그만큼의 감흥이 없다.

처음 해장국집을 열었을 때 우리 가게 맞은편엔 중국집이 두 곳 있었다. 대명장과 태화루, 두 곳 모두 화교가 하는 가게로 내 아빠는 워낙 매일 먹어도 좋다고 할 만큼 짜장면 덕후였던지라 자주 두 곳을 오가며 짜장면을 드셨고, 동생과 나도 아빠를 따라 일찍부터 중국 요리를 접할 수 있었던 덕분에 짜장면이 그리 특별한 날에나 먹는 귀한 음식이란 생각은 하지 않았더랬다. 사실 한우 요리도 마찬가지이다. 그 시절 남동생과 나는 물리는 한우 좀 그만 먹고 돼지고기 좀 구워 달라고 불평을 하기도 했으니.

대명장은 규모가 큰 중국집이었고 사장님은 연세가 지긋하신 분이었는데 부인이 두 명이었다. 큰 부인과 작은 부인 간의 나이 차이가 엄청 많이 나서 언뜻 보기엔 모녀 사이인가 싶었으나 나중에 알고 보니 젊은 여인은 작은 부인이었고 큰 부인에게는 없는 자식을 낳았다고 했다. 묘하게도 두 부인의 우애는 외려 남편과의 사이보다도 좋았다. 대명장의 짜장면은 잘잘한 고기가 잔뜩 들어 있었고 식감이 부드러우면서도 고소한 소스 맛이 일품이었다.

태화루의 사장님은 척 봐도 홍콩 영화에 나오는, 덩치가 크고 비중 있는 조연처럼 생긴 분이었는데 인품도 풍채만큼 넉넉했고 또 그 집 아이들이 우리 남매 또래로 서로 친해져 종종 가족들 저녁 식사에 우리를 불러 난자완스니 하는 희귀한(?) 중국 요리를 맛보게 해 주고는 했다. '면 요리는 대명장으로, 일품요리는 태화루로'라는 것이 당시 그 일대의 암묵적 룰이었으나 면 요리가 되었든 일품요리가 되었든 어느 한 곳의 손을 들어 주기 어려울 정도로 양쪽 집 모두 맛이 좋았다. 진짜 중국 사람들이 하는 곳이어서 그랬던 걸까? 두 집이 거의 붙어 있는 위치였음에도 불구하고 두 가게 사람들의 사이도 원만했다.

어느 날인가 내가 몹시 아파서 뭘 잘 못 먹고 있었는데 아빠가 내 손을 붙잡고 대명장에 데리고 가더니 '울면'이라는 걸 시켜 주셨다. 이름도 어쩐지 맛이 있을 것 같아 보이지 않는 그런 걸 왜 시키는 건지 투덜대려는 찰나에 문제의 그 '울면'이 내 앞에 놓였는데, 세상에 그 냄새와 모양새가 기가 막혔다. 냄새는 구수하면서도 순해 식욕을 돋궈 주는 듯했고, 뭐랄까 급하게 먹으면 안 될 것만 같은 뜨거운 김이 그릇에서 올라오고 있었는데 국물 가득 푼 달걀이 레이스처럼 섬

세하게 좌라락 뒤덮인 울면은 우동이나 짬뽕과는 현저히 다른 자태를 지니고 있었다.

그것이 나와 울면의 첫 만남이다. 그 후 울면과 사랑에 빠진 내게 중국집 면요리 원픽은 오로지 울면이었고 몸이 아플 때에도 조건 반사적으로 울면이 떠오르고는 했다. 그러다 중학교 3학년 봄, 서울로 이사를 하게 되었다. 서울은 정읍과는 비교도 되지 않을 만큼 엄청나게 커다란 도시에 우리나라 수도니까 울면이건 뭐건 맛있는 집이 훨씬 많을 거라고 기대했건만 울면도, 곰탕도, 콩나물 해장국도, 감자탕도 내가 어릴 적 정읍에서 먹었던 것보다 나은 맛이 하나도 없었다. 어딜 가서 먹어 봐도 그저 그랬다. 이사 온 서울에서 제일 맛있는 건 명동에서 먹은 KFC의 치킨과 남산의 왕 돈까스뿐이었다.

지금은 대한민국 맛집의 대부분이 서울에 몰려 있다고들 하고 실제로도 그 말이 크게 틀린 것 같지는 않다. 교통의 발달로 현지의 식재료를 공수해 오기 편리해진 데다가 전국 사람들이 죄다 모여 있는 곳이 서울이니 그럴 수밖에. 그러나 나는 그 후로도 울면 맛집을 찾지 못했고 어느덧 울면을 찾지 않는 사람이 되었다. 서울 연남동의 유명 중화 요릿집에서 먹은 울면이 제법 흡사하긴 했지만 그래도 내가 그리던 그 맛은 아니었다.

　사람의 기억이란 객관적일 수 없으니 당연한 결과임을 모르지 않는다. 어린 시절 내게 울면을 시켜 준 아빠는 더 이상 이 세상에 없고, 마흔을 넘기며 나는 밀가루 음식 소화가 쉽지 않은 체질이 되어 면 요리 즐겨 찾기도 하지 못하게 되었지만 그날 아빠가 시켜 준 울면의 맛은 언제까지고 내 기억에 뜨겁게 남아 있을 것이다. 또 언젠가는 내 딸에게도 엄마를 기억하게 하는 그런 맛의 순간을 선사하고 싶다.

55

누름돌을 얹는 일

7월 첫 번째 토요일 밤, 점심이 늦기도 했고 좀 과했던 것 같아서 저녁 식사는 건너뛰고, 아이를 재운 후에 책을 읽으며 가볍게 혼술이나 한잔하기로 했다. 토마토와 치즈로 샐러드를 만들어 알코올 도수가 높지 않은 스파클링 와인을 마실 요량으로 식탁에 아로마 캔들과 책 두어 권, 이어폰까지 미리 챙겨다 두었는데 그 마음 자락 후원에 그냥 아무것도 하지 말고 적당한 시간에 잠자리에 들자, 라는 문장이 들어왔다. 그리고 실제로 나는 술 없이 잠에 들었다.

지난 주엔 어쩌다 보니 총 세 차례의 술자리를 가졌고, 그다지 과음은 하지 않았지만 마지막 술자리가 금요일 밤이었던 탓에 연속해서 술을 마시지 말자는 나 자신과 한 암묵적인 약속이 작용을 한 것. 한때는 심각한 불면증 때문에 중독에 버금갈 정도로 매일 술을 마신 시절도 있고, 워낙 미식에 대한 욕구도 강해 흥청망청 술자리를 빈번히 가지던 지난 날도 있긴 했지만 언젠가부터 나름의 규칙을 세워 놓고 산다. 나는 철부지 어린애가 아니니까.

사실 사람의 욕심은 끝이 없고 같은 실수를 반복한다는 말, 정말 맞다. 술에 대한 욕심, 미식을 향한 호기심, 사람들로부터 잊히고 싶지 않다는 바람은 나로 하여금 만남의 제안을 거절하지 못하게 막았고 원체도 숙취가 심하지 않는 체질이라 어제 마시고 오늘도 마시는 일에 크게 제어가 없었다. 집에 각종 술을 쟁여 두기 시작한 것도 바깥에서 술자리를 가지면 과식, 과음을 하는 경우가 많아 차라리 집에서 간단히 마시는 것이 낫겠다는 취지였다. 그런데 최근 들어 그 술의 양이 크게 줄지 않고 있다. 토요일 밤처럼 나도 모르게 스스로를 제어하는 상황이 늘어난 것이다. 매우 고무적.

물론 여전히 술과 미식을 사랑한다. 그리고 무엇보다 오래오래 사랑하고 싶다. 인생에선, 짧고 임팩트 있는 한 방도 멋지지만 대체적으로 가늘고 긴 쪽이 총체적으론 좀 더 이득을 보는 경우가 많은 듯하다. 그러니까 오래도록 사랑하기 위해서 때론 들끓는 욕망을 후후 식히고 적당한 온도가 되었을 때 음미해 보려는 자세도 필요하다. 이를테면 요새 한창 빠져 있는 주말 드라마의 본방 사수를 포기하고 산책을 한 결과 인생 노을을 눈과 카메라에 담을 수 있었던 것처럼.

선택의 매 순간, 달고 실해 보이는 두 가지 이상의 것을 죄다 거머쥐려 하는 건 허황된 욕심으로 작용해 대개의 경우 모두 가지지 못한다. 예를 들면 소비를 원하는 만큼 하기 위해서는 노동과 같은 생산성 있는 일을 해야 하는 것과 같다. 아무 일도 하지 않으면서 마음껏 소비가 가능한 경우는 속임수나 거짓말을 통해 누군가의 지갑에서 돈을 갈취하거나 운이 좋아 부자 부모를 만나는 경우가 아니라면 없다.

간혹 나도 뭘 이렇게까지 찌질하게 살아야 하나? 그런 마음이 드는 날이 있다. 백화점 쇼핑과 인터넷 쇼핑을 끊고, 외국 상표의 화장품을 끊고, 심지어 담배도 끊었다. 내 유일한 사치라면 한 달에 몇만 원 정도 쓰는 책값뿐이다. 이 또한 주머니 사정이 여의치 않을 땐 렉이 걸린다. 그렇게 한다고 내 살림이 되게 피었는가 하면 것도 아닌 것 같아서 미간이 찡해질 때가 있다. 꾸준히 비타민을 섭취해 온 지 꽤 되었는데 비타민을 계속 먹는다고 해서 몸이 막 좋아지는 것 같지는 않다. 그런데 며칠 비타민을 건너뛰거나 하면 바로 몸에 이상 신호가 오더라. 내 욕구를 자제해 보겠다는 결심은 비타민 섭취와 유사하다. 줄곧 결심을 이어 나갈 때엔 스스로가 초라하게 느껴지기도 하고 별 효과도 없어 보이는 와중에 내게는 없으나 타인에게는 있는 것들이 유독 눈부셔 '결심이고 뭐고 다 때려 치우고 마음대로 살겠어!' 이래 버리면 일상에 금세 빨간 불이 들어온다.

나의 대가는, 오랜 시간 내 욕망에 지나치게 충실했던 탓이라고 치는 중이다. 20년간 하고 싶은 걸 하며 살았다면 20년은 해야 할 일을 하며 살아야 하지 않을까. 구형(求刑)이란 건 나부터가 공정해야 할 것 같다. 나는 상당히 운이 좋은 편이라 주위엔 품이 넉넉한 사람들이 많고 이들 덕분에 종종 풍요로운 콧바람을 쐬는 행운을 누린다. 내 좋은 사람들을 잃지 않기 위해서라도 내 욕망에 방점을 찍기보다는 누름돌을 얹기로 한다. 오이지나 매실청이 깊은 맛을 내려거든 누름돌의 역할이 참 중요하더라.

56

너의 발 냄새

딸 서윤이는 10월 22일, 가을이 한창일 때 태어났다. 임신 과정을 포함해 출산이란 누구에게나 엄청난 경험이며 모성애는 호르몬의 농간도, 엄마니까 으레 갖추게 되는 당연한 감정도 아닌, 어쩌면 함께 긴 여정을 거쳐 왔다는 끈끈한 동지애 같은 것이 아닐까 싶다.

진통이 시작된 후 시간이 한참 흘렀지만 머리까지는 보이는 아가가 엄마 밖으로는 나오지 않아 결국 긴급 수술에 들어갔고, 덕분에 나는 자연 분만과 제왕 절개를 다 경험한 하이브리드(?) 산모가 되었다. 마취에서 깨어나 비몽사몽 중에도 처음 안아 본 아이의 까맣고 동그란 눈동자가 어찌나 예쁘던지 아이는 그간 내가 알고 있던 '아름다움'에 대한 정의를 모조리 바꾸어 놓았다. 심지어 그 아름다움의 정도를 매일 경신하는 존재는 그 전까지 없었고 아마 이후로도 없을 것으로 예상된다.

병원에서 1주일, 산후 조리원에서 2주일을 보내고 집으로 돌아오니 계절은 성큼 겨울로 다가서 있었다. 신생아는 면역 체계가 아직 완전하지 못해 감기에 걸리기 쉬워 실내에서도 늘 양말을 신기고 있거나 발까지 감싸는 우주복 형태의 실내복을 입혀야 하는데, 양말을 벗기면 촉촉한 분홍색의 보드랍고 말랑한 아기 발이 쏙 나왔다. 그 발이 작고 귀여워 살살 만지다가 슬쩍 코에 대 보니 아기 발 냄새가 그렇게 좋을 수가 없었다. 콤콤하면서도 달큰하고 고소한 것 같으면서 익숙하고 그리운 듯한 그런. 그렇게 아이를 키우는 동안 하루에도 몇 번씩 아이의 발바닥과 발가락을 코에 붙이고 냄새를 맡았다.

아이는 이제 열두 살이 되었지만 여전히 아기 티를 다 벗진 못해 지금도 엄마 곁에 꼭 들러붙어 자야 하는 데다가 엄마 쩌쩌 부비부비도 현재 진행형이다. 아마 부모의 이혼으로 인해 엄마에 대한 애착이 한층 깊어진 것도 있을 것 같다. 고백을 하나 하자면 아이 발 냄새가 지금도 좋아서 우리 모녀는 지금도 그걸 '꼬리꼬리'라 부르며 즐겨 한다. 어느 날인가 아이가 운동화를 신고 밖에서 실컷 줄넘기를 하고 들어와 발을 씻지 않겠다는 고집을 하도 부려 외할머니가 그 이유를 물으니 엄마가 꼬리꼬리를 좋아하기 때문에 엄마가 집에 돌아올 때까지 발을 씻을 수 없다고 답한 걸 보면 우리 모녀는 당분간 서로를 졸업하긴 힘들지 않을까 싶기도 하다. 속담에 품 안의 자식이라고들 하지만 우리의 기쁘고 애틋한 지금을 조금 더 즐길 작정이다.

57

'편한' 사이와 '편리한' 사이

사람의 인연이란 게 해일처럼 느닷없이 밀려오기도 하지만 해질 무렵 뒷동산에 울려 퍼지는 오래된 교회의 종소리처럼 고요히 스미기도 하는 법이다. 어느 쪽이 더 좋을까? 그건 잘못된 질문인 것만 같다. 차가운 말 같지만 세상의 수많은 사연은 시작이나 과정보단 '끝'이 좋으면 다 좋게 취급되지 않던가.

어떤 상대에게 품고 있던 막연한 호기심이 호감의 단계를 거쳐 명확한 관계의 이름을 획득하는 '맺음'의 항목에 도달한 후, 최초의 나를 두근거리게 하던 호감이 어느덧 안락함으로 변모하게 되는 과정이 연애의 정방향이라면 이때 우리가 가장 우려해야 할 모습은 '편한' 관계가 두 사람 사이에서 변곡된 숙성 과정을 거쳐 '편리한' 사이가 되어 버리는 일이 아닐까. '편리함'이라는 단어는 연인 관계에 있어선 유독 불손하게 쓰임에도 편리함의 굴레에 나태해진 커플은 결국 진득한 습지 위에서 서로 기대하지 않았던 모습으로 질척이게 된다. 마치 지각하게 될 걸 뻔히 알고 있으면서도 도저히 눈이 뜨이지 않는, 몸이 일으켜지지 않는 익숙한 침대 같다고나 할까. 침대에겐 원초적으로 죄가 없으나 침대를 그런 존재로 전락시킨 우리는 그렇게 상대의 삶에 크든 작든 빌런이 된다.

그러므로 폴리아모리(비독점 다자연애)가 되었건 모노가미(한 사람과만 관계를 맺는 결혼)가 되었건 비극으로 전락한 사랑에 대한 판결은 이별 그 자체가 아니라 관계의 편리함을 초래한 여죄로 물어야 함이 마땅하다. 과거에 놓친 누군가와의 인연을 추억할 수는 있어도 함께 가 보지 못한 길을 후회하지 않아야 하는 이유는 인간이 가진 태생적 잔혹함을 사랑과 이별이라는 전쟁을 통해 학습했기 때문이다. 떠올려 보자. 한때는 내 삶에 없으면 안 될 것만 같은 상대와 이별하기 위해, 혹은 이별을 당하며 우리는 서로에게 얼마나 모질고 잔인했는가를.

지난 날 반짝이며 내게 다가왔으나 맺어지지 못한 존재가 마음의 바다에서 도달할 수 없는 노스탤지어가 되어 둥둥 떠다니는 날이 있다. 사람 사이의 아름다운 거리와 그렇지 못한 거리의 차는 고작 반 발짝 정도일지 모른다. 차라리, 라는 단어는 그래서 늘 안타깝고 서럽다.

58

'적당'이라는 말

살면서 어떤 대상에 '적당'하게 빠지는 일이 가능하다면 일상은 얼마만큼이나 잔잔한 호수와 같을 것일까. '적당'이라는 말에는 '우회 도로'라든지 '포기'와 같은 미덕이 달빛 아래 드리워진 그림자나 선한 벗이 되어 내게 머물러 준다는 뜻일 테니까. 그 사람이 아니어도, 그 길이 아니어도 세상이 끝나지 않는다는 사실을, 내 삶이 조각조각 부서지지 않는다는 것을, 우리가 그때 미리 알고 있었더라면.

트럼펫을 연주할 수 없다고 해서 인생이 끝나는 건 아니잖아요?
아니, 인생이 끝나!

재즈 뮤지션, 쳇 베이커의 일대기를 그린 영화 〈본 투비 블루〉의 한 장면이다. 이렇듯 인생에는 그 '적당'이라는 것이 작용해 주지 않아서 뇌로는 이해해도 심장으로는 납득의 칼날이 벼려지지 않는 순간을 맞이하기도 한다. 신념이란 숭고한 것이고, 한때는 그(그녀)가 아니면 그 길이 아니면 숨조차 쉴 수 없을 것만 같은 경험을 살면서 누구든 한 번만 겪는 것도 아니다. 그러나 한 살 두 살 나이를 더해 중년이란 고개를 넘으려고 보니 삶에 '적당히'가 차지하는 비중이 더 커져 있었다. 그건 내가 두려움을 잘 알게 되었기 때문이다. 처음 스키를 배우는 꼬마는 경사면을 직활강으로 내려갈 수 있지만 어느 정도 배운 사람은 경사면을 절대로 직활강 같은 무모한 방식으로 내려가는 행동은 하지 않는다.

한 대상을 향한 꼿꼿한 직선의 열정과 영원히 지속하고 싶은 쾌락이라는 경사면에 발을 들여놓을 때 최초의 신념은 나로 하여금 직활강을 가능하게 한다. 그러나 우리는 어느덧 결과값을 예측할 수 있게 되었고 스스로를 비호하는 방법을 배운다. 그 방법이 때로 비겁할지라도. 그러니 그저 좋아하는 맥주나 적당히 마시며 적당히 싱싱한 샐러드를 씹고, 적당히 노동을 한 뒤엔 적당히 고기나 굽는, 적당한 시기에 만나지는 적당히 나와 맞는 상대와 우호적인 관계를 맺으며 지

내는 것이야말로 적당히 괜찮은 인생일지 모른다.

그럼에도 불구하고, 적당히 사는 삶 대신에 훅 빠지는 삶을 선택하게 된다면 그땐 우리 서로에게 질타를 던지는 대신 손을 잡아 주기로 하자.

달빛 아래 그림자처럼,

선한 벗처럼,

스스로를 죄다 놓아 버리지 않도록.

59

영원과 안녕 뒤에 붙는 히

인생은 마음먹은 대로 흐르는 것도, 달 모양의 변화처럼 규칙적으로 순환하는 것 또한 아니다. 삶의 길목에는 '예기치 않은'이라는 복병이 도사리고 있다 내가 코너를 도는 순간 '으형!' 하고 놀래킨다. 그래서 껄껄 유쾌해지는 순간도 있지만 대개는 피로의 덤탱이를 머리부터 뒤집어쓰고는 망연자실해지는 것이 삶이다. 굳은 결심이나 간절한 바람 같은 것에 점점 천진하게 기댈 수 없는 까닭도 그간 왕왕 나타났던 복병으로 인해 엉덩방아나 무릎을 쩧게 되는 일이 적지 않아서다. 결국 단단해지는 쪽은 바닥에 쩧을 때 덜 아프기 위해 단련된 엉덩이 쪽이다. 건강하게 다져진 멘탈의 근력이라기보단 그걸 '맷집'이라고 한다던가.

물론 '예기치 못한'이 항상 거칠고 네거티브한 형태로만 얼굴을 들이미는 것은 아니다. 그러나 돌아보면 사탕 같은 걸 많이 먹어야 충치만 생길 뿐이야 하고 정작 본인은 사탕을 쥐고 나를 약올리는 사람이 내 손에 사탕을 쥐여 주는 존재보다 더 많고, 기껏 사탕을 거머쥐었다 한들 내가 좋아하는 맛일 확률은 드물다. 이윽고 도래한 행운의 예감에 헛된 희망을 품고 살기보다는 단 거는 결국 나를 상하게 하는 DANGER일 뿐이란 걸 체득하고선 그저 오늘의 맛이 어제보단 덜 쓰기를, 덜 맵기를 바라며 아침을 맞는다. 그러므로 인생은 비스킷 통이라던 유명 인사의 간지 넘치는 대사를 아작아작 비스킷처럼 씹어 먹기로 한다.

사람에 대한 기대는 어떠한가. 감정이 모래시계 속 촘촘한 모래알처럼 아래로 아래로 낙하하고 가끔 시계를 뒤집어 주지 않으면 마지막 한 알까지 몽땅 쏟아지고 만다. 그 후 모래시계 위쪽의 숨 막힐 듯 텅 빈 공기의 이름을 허무라 부를까. 그토록 간절하고 충만했던 감각의 모래가 역동적으로 넘실대던 모습이 흔적도 없이 아래로 무너져 시점과 가능성을 묻어 버린 아래 칸의 쌓인 모래 더미를 추억이라 부르며 아쉬워할까.

누군가가 밑으로 쏟아지는 모래가 안타까워 내 모래시계

의 위아래를 뒤집어 줄지 몰라, 라는 근거가 희박한 믿음이나 살바도르 달리의 그림 속 늘어진 시계처럼 희망 고문으로 깊이 패인 노쇠한 마음에는 온기도 자비도 게으르게 머무른다. 내겐 더 이상 사랑할, 희망할 여력이 남지 않은 걸까. 그 누구도 그 무엇도 이전만큼 아름답게 보이지 않는다. 또한 나는 이미 아름답지 않다. 물론 아름다움이 의지의 영역이 아니라는 사실은 익히 알고 있다. 영원과 안녕 뒤에 '히'라는 단어를 붙여 보는 자학 개그를 친다. 어쨌건 내 삶에서 사라져 가는 것들의 명복을 비는 일은 오롯한 나의 몫이니까.

느닷없이 방문한 흐린 날의 편두통은 탁목조 같다. 새는 내 관자놀이를 떡갈나무라고 믿으며 신념에 찬 부리 질을 한다. 이 순간 가장 생생하게 살아 있는 존재는 바로 그 탁목조. 그러나 나는 즉시 효과가 좋다는 두통약을 삼켜 탁목조의 모가지를 꺾는다. 사라져 간 것들에 대한 애도는 마음의 고랑에도 통증을 일으킨다. 밖은 아직 깜깜하다. 가만히 눈을 감고 잠을 청한다. 어쨌든 아침이 다시 온다는 사실이 이토록 나를 안도하게 한다.

60

사라진 연애 감정을 찾아서

'보듬다'는 말은 국어 사전에 의하면 가슴이 붙도록 안아
준다는 뜻을 지닌다. 오래전부터 '안다'라는 말보다 '보듬다'
라는 말이 더 좋았다. '안다'라는 말은 나의 감정만이 개입된
능동적인 행위 같고, '보듬다'라는 건 '안다'보다 어쩐지 더
우호적인 배려가 깃들어 있는 행위 같아서.

공식적 싱글이라는 자격에도 불구하고 연애 감정 자체가
바닥이 나 버린 것인지, 한시적으로 비활성화 된 것인지 지
금으로선 파악하기 어렵다. 하지만 내 주변 지인들의 좋아하
는 상대를 만나 사귀기 시작했다는 핑크빛 소식에 행복한 기
분과 함께 진심으로 축복하는 마음이 되는 와중에도 어째 연
애라는 이슈가 내 삶과는 무관하게 보이는 걸 보니 마음속에

마시멜로처럼 들러붙어 있던 어떤 말랑말랑한 부분이 굳어 탈락해 버린 건 사실인 듯하다. 그것이 그다지 아깝다거나 아쉽지 않다는 것도.

우리가 흔히 말하는 연애라는 걸 보면 참 그렇다. 보통은 '사랑'에 빠져 연애를 하게 된다고 생각하지만 연애를 하다 보니 우리가 하고 있는 이게 '사랑'이라고 각성하게 되는 경우도 빈번하다. 무시로 이런 케이스가 더 많을지도 모르고. 무덤덤한 일상을 보내는 내게 '너도 연애 좀 해!'라는 말은 덕담으로 건네도 이제부턴 '너도 사랑을 해!'라는 말은 선뜻 꺼내지 못하는 이유라면 사랑이 의지나 결심의 영역이 아니란 걸 알고 있는 탓이다. 사랑까진 잘 모르겠지만, 연애 중의 상태가 주는 일련의 모습이 상큼해서, 혹은 상대를 향한 단순한 호감만으로 현실 연애에 뛰어드는 건 역시 비겁하고 못돼 처먹은 일일까? 글쎄, 왕년에 연애라면 제법 해 본 축에 속하는 나로서도 자신 있게 답하기 어렵긴 하지만 그것이 나쁜 일인가 아닌가, 라는 판단과는 별개로 그런 류의 연애는 실재한다.

다만, 나쁜 연애가 어떤 것인지에 대해서는 말할 수 있을 것 같다. 나로 하여금 나쁜 마음을 먹게 하는 연애가 나쁜 연애다. 서로를 의심하게 하고, 나를 거짓으로 포장하게 하고,

슬프게 하고, 게으르게 하고, 무력하게 하는 것, 그것은 분명 나쁜 연애다. 좋은 연애는 나를 더 좋은 사람이 되고 싶게 하는 힘을 지녔다. 착한 마음을 먹게 하고, 즐거운 기분이 들며, 깨어 있는 순간이 기쁘고, 약한 것들을 보듬고 싶어지는 연애. 사랑이 아닐 수도 있고 사랑인지 모를 수도 있지만 상대가 나를 취할 때 전적으로 자기 '편의' 쪽에만 하중이 실려 있고, 나와 실시간으로 공유하는 시간(섹스든 식사든) 외의 영역에 상대를 조금도 들이지 않으려 하는 관계는 나쁜 연애다. 상대가 내게 제공하는 이익만 뽑아 먹고 싶은 것도 상호 간에 협의만 이루어져 있다면야 '거래'가 성립한 것으로 볼 수도 있겠으나 세상 일이 어디 그리 간단하고 정의롭던가? 어느 쪽인가는 진심과 의리로 그 관계를 소중히 대하는데 다른 한쪽은 '척'을 하며 달콤한 꿀만 빨려 하니 문제지. 이건 연애도 뭣도 아닌 일종의 사기다. 둘의 관계 맺음이 피지컬한 유희가 이유라 해도 '교환'은 상호적이지만 사기는 일방적이다.

연애 판에 나를 내놓고 싶지 않게 된 건 내가 가진 매력의 항목이 점점 허술해 보여 자신이 없어진 탓도 있지만 교환조차 등가로 하지 않으려는 이기적인 시선이 느껴져서인지도 모른다. 차라리 내가 가진 것을 어떻게 해서든 어필하며 나를 대놓고 파는 것이 낫지. 다정과 친절을 위선의 도구로 삼아 떡밥처럼 던지는 사람들에겐 눈길조차 아깝다. 저렴한 방식으로 접근해 어떻게 해서든 '날로 한번 먹어 볼까?' 하는 사람들을 보면 한심하기 짝이 없다. 넘어가는 쪽도 문제라고? 그런 소리 말자. 외로움은 결핍을 부른다는 걸 알아서 외로움으로 시작한 연애에 돌을 던질 생각은 없다. 상대의 결핍을 이용해 먹으려는 것을 비난하는 것뿐.

연애라는 기분 좋은 관계에서조차 가성비를 따지는 꼬라지를 볼 땐 속이 쓰려 온다. 이만치 살아 보니 싸면서 그럭저럭 쓸 만한 건 있어도 싸고도 좋은 건 존재하지 않았다. 만남에서 가성비를 찾는다거나 사람을 떨이 상품 취급하는 건 예의가 결여된 행동이며 그런 상대가 건네는 얕은 다정함에 빠지게 한 나의 결핍이 애처롭다. 1을 주면 1만 가져가야 한다. 2를 주면서 1은 적립하고 1만 먼저 가져가는 것도 괜찮다. 그러나 0.5를 줄까 말까 하면서 3이나 4를 가져가려 하면 그게 사기가 아니고 대체 뭐람.

사랑의 본질은 보듬고 싶어지는 마음이고, 보듬는 일이 연애가 될 때 그 모습이 아름답다.

비틀,
거리는 마음

스무 살 무렵, 비틀거리며 누비고 다니던 종로 피맛골의 선술집 즐비했던 거리가 떠오른다. 그곳에선 죄다 비틀거리니까 나도 그래야 하거니 했다. 밤의 길이는 늘 부족했고, 골목을 세로로도 걷고 가로로도 걸었던 나날들. 세상은 비틀거리는 나를 향해 자주 틀렸다고 꾸중을 했다. 다름과 틀림은 다른 뜻인데 세상 사람들이 아무렇지 않게 타인을 향해 다름과 틀림을 틀리게 쓰는 일이 너무 속상해서 대부분 내 발만 보고 다녔다. 어딘가 흔적을 남기고 싶었으나 어디에도 흔적이 남지 않던 내 발밑을. 어느덧 내가 종종 다름과 틀림을 틀리게 쓰는 아무런 어른이 되어 버린 지금, 비틀거리며 걷던 그 거리 또한 사라져 다만 추억이라는 흔적으로 남았다.

추억이 누군가의 마음에 발자국을 내는 일이라면 어떤 발자국은 채 덜 마른 시멘트 바닥을 밟은 뒤 눈이 펑펑 쏟아져 흔적이 사라진 듯 보이지만 눈이 녹아 찍힌 발자국 모양이 선명하게 드러나기도 하고, 또 어떤 발자국은 눈이 백설기처럼 소복하게 쌓인 길 위에 온 마음을 다해 첫 발자국을 찍었음에도 오래지 않아 다른 무수한 발자국에 묻히거나 눈이 녹으며 흘러 사라지기도 한다.

글쓰기도 어쩌면은 발자국을 찍는 일은 아닐까. 덜 마른 시멘트 길을 걸을 때, 혹은 눈 내린 길을 걸을 때, 흔적은 길에도 남지만 내 발에도 남는다. 그러나 어떤 흔적은 오래가고 어떤 흔적은 벅찬 설렘이 무색하게 금세 사라진다. 발자국을 내는 사람이 어떤 형태의 흔적을 남길지 멋대로 선택할 수 있다 믿는다거나 무람없이 발자국을 찍으려 드는 건 오만이다. 마음은 바람처럼 읽혀야 하고 흔적은 고요히 남겨져야 하건만 억지로 읽으려고만 했던, 소란하게 남기려고만 했던 과거의 어리석은 발걸음을 떠올리다 횡경막이 아려 와 서둘러 마음을 반으로 접고선 아픈 부분을 문지른다.

발자국 찍기를 마쳤다. 겨울에 시작한 발자국 찍기는 봄을 지나 어느새 여름에 도달했다. 이 발자국이 세상에 어떤 흔적으로 남을지 지금으로선 가늠조차 어렵지만 발자국을 찍느라 서성이던 발걸음을 잠시 멈추고 가을을 기다리며 숨을 고르려 한다. 발자국을 찍다 고꾸라져 엎어지려 할 때마다 글쓰기는 서지은의 일이 맞다고 아낌없는 응원을 보내준 친구들과 엄마의 첫 책을 가장 손꼽아 기다리는 딸 서윤에게 흔적의 공을 조금 더 할애하고 싶다. 부디 이 흔적의 온도가 오래도록 지속되기를 바라는 마음도.

내가 이토록
평범하게 살 줄이야

1판 1쇄 인쇄 2020년 9월 9일
1판 1쇄 발행 2020년 9월 15일

지은이 서지은
발행인 이상호
편 집 이연수

발행처 도서출판 혜화동
출판등록 2017년 8월 16일 제2017-000158호
주소 서울특별시 강서구 공항대로 237 (마곡동) 에이스타워마곡 1108호 (07803)
전화 070-8728-7484
팩스 031-624-5386
전자우편 hyehwadong79@naver.com

ISBN 979-11-90049-15-3 03810

ⓒ 서지은 2020

* 책값은 뒤표지에 있습니다.
* 잘못된 책은 바꾸어 드립니다.